ちくま文庫

贋作吾輩は猫である

内田百閒集成 8

筑摩書房

目次

贋作吾輩は猫である

内田百閒集成8

編集　佐藤　聖
資料協力　紅野謙介

第一

烏の勘公が行水を使ったり、水葵《みずあおい》を喰い散らしたりした水甕《みずがめ》におっこちて、吾輩はもう駄目だと思ったから、天璋院様の御祐筆《ごゆうひつ》の妹のお嫁に行った先のおっかさんの甥の娘だと云う二絃琴のお師匠さんの許《とこ》の三毛子の法事に聞き覚えた南無阿弥陀仏を唱えて、甕の縁を無闇にがりがり引っ掻くのを止《や》めたのだが、猫と雖《いえど》も麦酒《ビール》を飲めば酔っ払い、飲んで時がたてば酔いはさめる。どのくらいの時が過ぎたか、歳月が流れたか、変転極まりなき猫の目を閉じて甕の中に一睡した間の事は知らないが、気がついて甕の縁から這《は》い上がり、先《ま》ず身ぶるいをして、八萬八千八百八十本の毛についた雫《しずく》を払い落とした。

矢っ張り晩の様で向うの方に大きなお月様が懸かっている。これから昇って行くところなのだろう。甕に這入《はい》る前には、お月様今晩はと云いたい様だったが、今は毛頭そんな気持はない。いやに光りがなくて、のっぺりして、月には毛が生えていない。人間の顔とおんなじ様な片輪だ。毛のない物を見ると、にがにがしい気がする。月に背《そむ》いて歩き出したら、身体を動かした途端に咽喉《のど》の奥からかすかな麦酒のげっぷが出た。

向うに大きな池がある。似た様な景色だ。池を左に廻って、板屏《いたべい》の穴から手近かの家の中へもぐり込んだ。苦沙弥《くしゃみ》先生の家よりは小さい様だが、兎《と》に角《かく》落ちつく所を見つけなければならない。細戸に開《あ》いていた障子の隙間から座敷に上がり込んで辺りを物色する。間境《まざかい》の襖《ふすま》が少し開いて明かりが洩れているから、その間に前脚を入れて吾輩が這入れるだけ襖を開けた。こんな芸当はお茶の子である。

開けた所は茶の間で、柱の前に五分刈頭の大入道がきちんと坐っていた。鼻の下に白髪まじりの口髭を生やして何かぶつぶつ独り言を云ってた様だが、吾輩が黙って這い込んだのを見て、毬栗頭《いがぐりあたま》の毛を一本立ちにした様な顔になった。季節外《はず》れの八ノ字髭なんかおっぱやかして大層もない顔をしている癖に、この大入道は案外小心なのかも知れない。身動きもしないで、じっと吾輩の方を見つめたまま、小さな声で、「しっ」と云った。初対面に黙っていても悪いから、吾輩も静かに一言「にゃあ」と奏して応《こた》えておいた。

大入道が吾輩から目を離さずに、口の中で「おいおい」と云った。するとお勝手と思われる方で返事の声がしてそっちの襖から小さなお神さんが顔をのぞけた。お神さんではない。大入道が口髭を生やしているくらいだから奥様なのだろう。しかし吾輩が人間社会に伍して得た経験から判断するに、大入道の鼻下髭《びかひげ》に拘《かかわ》らず、お神さんを以《も》って称し遇するのが適切であって、奥様と云っては失礼に当たる底《てい》の婦人である様だ。

「おや」と云って立ち竦《すく》んだ。

「あらいやだ。猫が。何でしょう」

「自分で襖を開けて這入って来た」

「まあ。年を食ってるんだわ、きっと。でも器量よしね、この猫は。尾っぽもちゃんとしているし」

新道の二絃琴のお師匠さんや、その家の女中から、吾輩は教師のとこの碌《ろく》でなしの野良猫と罵《ののし》られ通しで、承服したわけではないが、自己の容色に就《つ》いて自負すると云う気持はなかった。はからざりき、大入道の小さなお神さんに百年の知己を得んとは。

「つまみ出してしまえ」

「そうね、でもこうして自分で這入って来たのでしょう。鼠の穴をいくらふさげても、ふさげてもどこかから這入って来て、昨夜も人参《にんじん》の胴中に穴をあけたわ。置いてやりましょうよ。きっと鼠が出なくなるから」

「家の中をのそのそ歩き廻って、勝手に襖を開けたり閉めたりしやしないか」

「まさか。襖を開ける事は知っていても、後を閉める事はしませんよ。猫が一一《いちいち》そんな事をした日にゃ、おかしなものね」

「開けっ放しで家の中を横行闊歩《かっぽ》させるのか」

「いいわ、あたしが後から閉めて廻るから」

大入道が未だ吾輩を飼ってもいいと、はっきり云わない内に、已《すで》に吾輩の入籍は認められた様な形勢になって来た。有り難いからお神さんの膝に近づき、少しく咽喉《のど》を鳴らした。お神さんは吾輩の頭を軽く叩いて、もう一度、「ほんとに器量よしの猫だわ」と云った。

それから片手を吾輩の頭に載せたまま、

「もうお膳を出してもいいんでしょ」と大入道に聞いた。

「いい」

驚いた事には、この時間になってまだ晩飯の前らしい。苦沙弥先生の家では思いも寄らぬ事である。しかし今の吾輩にその方が好都合な事は云う迄もない。

柱に靠《もた》れた大入道の前にちゃぶ台を置き、お神さんがお勝手からいろんな物を運んで来た。吾輩はうるさくない潮合いを心得て、狭い家の中を行ったり来たりするその足許《あしもと》について廻った。一通り小鉢や皿や小丼に盛った物を出し終って、お銚子を添え、お勝手に戻って鉄瓶に次の燗徳利をつけてから、「欠けたお皿はなかったか知ら」とお神さんが独り言を云った。吾輩はつつましくにゃあと一声鳴いて邪魔にならぬ隅っこの方に坐っている。

台所戸棚の奥をがたがた云わせて、お神さんは藍模様《あいもよう》の大きな皿を取り出した。成る程、縁が欠けている。その上に麦の沢山混じった御飯を盛り、上から鍋の底に残った汁を掛け、紙袋に手を突込んで煮干しを五六匹摘《つま》み出してその上に振り掛けた。吾輩は咽喉が鳴り涎《よだれ》が垂れる様であったが、何しろ初めての家であり、ここが我慢の仕《し》所《どころ》と観念してじっとお神さんの手許を見つめている。

「おや、出来過ぎたか知ら」

吾輩に供せられる計《ばか》りになっているお皿をその儘にして、鉄瓶から燗徳利を引き上げ、指先で濡れた徳利の尻を撫でている。その上《かみ》の苦沙弥家《くしゃみけ》では見た事のない光景である。布巾《ふきん》で濡れた燗徳利の肌を拭き拭き茶の間の方へ持って行った。後には煮干しの掛かったうまそうな御飯が吾輩の鼻の先に置きっ放しになっている。つらつら思うに、吾輩も勘公の甕入りを境として随分と劫《こう》を経《へ》たものである。昔、寒月君が椎茸を食って前歯を欠いたお正月に苦沙弥先生の家へ年賀に来て、出された口取りの蒲鉾《かまぼこ》を椎茸で欠けた前歯で半分食い切った。後の残りの半分は後刻吾輩が失敬して窃《ひそ》かに頂戴したのを思い出す。その翌《あ》くる日は苦沙弥先生の食べ残したお雑煮の椀の底にくっついていた餅にうっかり歯を立てて七顛八倒の苦しみを嘗《な》め、家《うち》じゅうの笑いものになった。今こうして目の前に、鼻の先に吾輩が頂戴するときまっている盛餐が据えられてあっても、一言《ひとこと》お神さんから、さあどうぞと云う挨拶を受けない限り、吾輩は手を出さないのである。

お神さんはすぐに茶の間から戻って来たが、手にはさっきのお銚子を持っている。

そこに置いた音を聞くと、空《から》っぽの様だ。今の間《ま》に大入道は一人で已に一本あけてしまったのか知ら。按ずるに大入道は相当の酒呑みである。吾輩が甕入りの前に積んだ人間社会の経験の中には然《しか》る可《べ》き酔っ払いはいなかった。この様子では当分の間少少勝手が違う思いをしなければならぬかも知れない。

「おや、お前さんまだ食べないのかい」とお神さんが云った。お前さんなんて呼ばれて、吾輩却《かえ》って忸怩《じくじ》たるものがある。「お行儀のいい猫だわ。それとも食べたくないのか知ら」

場数《ばかず》を踏み、劫を経た自制心で差し控えているものを、食べたくないのかとは聞こえませぬお神さんだ。怨嗟《えんさ》を籠めて、にゃあと一声奏しておいた。

「そうそう、まだあれが有ったっけ」と口の内で云いながら、お神さんはかますの干《ひ》物《もの》の頭を二つ取り出して、藍模様のお皿の御飯に載せてくれた。

「さあさあお上がり、お待ち遠さま」と云った。苦沙弥先生の奥さん、即ち珍苦沙の細君とは余程調子が違う。さて、試《ため》しに口をつけて見るに、小さいながらも尾頭つきの煮干し、かますの頭は云う迄もなく吾輩に取って大牢《たいろう》の滋味であるが、さっきお神さんが鍋の底から御飯の上に掛けた汁のうまい事、その風味は何にたとえる物もない。味は雞肉の出《だ》しであるが、その奥にもう一つ吾輩の味覚の記憶にない所がある。有りったけ舌を伸ばして、べちゃべちゃと舐《な》め且《か》つ食った。腹がふくれるに従い、ほのぼのとした気持になった。持って廻らずに云って仕舞うが、酒を使って雞を煮たのである。煮汁に酒の気のある物など甕入り前の吾輩は想像した事もない。

吾輩にその御馳走を当てがっておいて、お神さんは茶の間へ行った。猫たるの身分上、独り喰いのうまさと云う事には馴れているが、今晩はまた一しおやれた。煮干しは云う迄もなく、かますの頭の骨も綺麗に食べ尽くし、お皿についた汁を丹念に舐めて、拭いた様にしておいた。後で更《あらた》めて吾輩の食器を洗わなくてもいい。親切なお神さんに対する猫としての内助の一端である。

さっき見たところでは、今晩はいいお月夜の様であったし、外はまだそれ程寒いと云う時候でもない。食後の散歩にそこいらを一廻りして来たいところだが、何分まだ勝手の知れない所ではあり、又吾輩が出て行った為にお神さんや大入道が勘違いして、折角来た器量よしの猫がもう行ってしまったかと思われては困る。今夜に限った月夜でもないから、散歩は思い止《とど》まって、大入道の酒盛りの模様でも見学しておこうときめた。丁度三本目のお銚子を取りに来たお神さんの足許について茶の間へ這入った。

大入道は一人で注いで酒を飲んでいる。時時お神さんが注いでやる。お酌を受けるとか、独酌で傾けるとか云う所なのだが、何《いず》れにしても吾輩の見馴れない光景である。大入道の顔に、いくらか照りが出ていると云う程度で、已に大分飲んでいるらしいのに素知らぬ様子である。杯の合い間にちゃぶ台の上の物を何か知ら食べている。どんな物が列《なら》んでいるのか、後学の為に見ておこうと思って、静かに、しとやかに大入道の膝の上へ上がって行ったら、まだ上がり切らぬ内にひどい勢《いきおい》ではね落とされた。あやうく前脚の爪が出て大入道の膝頭を引っ掛けるところであったが、吾輩自身の判断で事無きを得た。苦沙弥先生の膝にはしょっちゅう乗っていたものだが、矢《や》っ張《ぱ》り工合が違う。

「お出《い》で」とお神さんが云って、吾輩を自分の膝の脇に引き寄せ、軽く頭を叩いてくれた。その位置から更《あらた》めて大入道の手許を眺める。小さく切ったチーズの切れがあるらしい。箸の先にそれを取って、食べるのかと思うと、別の手で焼き海苔の切ったのを摘んで、くるくる巻いて、チーズの海苔巻きを拵《こしら》えた。それを更めて箸に挟み、先に一寸《ちよつと》醬油をつけてから口へ持って行った。おかしな事をする大入道もあったものだ。吾輩が見ていて、チーズはうまそうだと思う。しかし海苔は甚だ始末の悪い食物である。猫の上顎に海苔が貼りついた時の処置は困難である。お雑煮の餅を食った程の事ではなかったが、吾輩の海苔の思い出はよろしくない。考えても上顎の裏がくすぐったい。

表の戸が開く音がした。苦沙弥先生の家の様に、ちりちりちりりんと鳴る仕掛けはなさそうだ。御免なさいと云ったのだろう。何だか風の様な声がした。

お神さんが起《た》って行って、すぐに引き返し、

「風船さんですよ」と言った。

吾輩は玄関へ出ないで、もとの所に残っていたが、大入道の顔を見ていると、その声を聞いた途端に陽気な色が射した様だ。

「どうぞ」と大入道がどなる声につれてそこへ現われたのは、痩せこけて、しなびて、ぱさぱさに乾いて、かますの干物を突っ立てた様な姿をした中年の男子である。

「やあやあ、これはこれは、ようこそ風船画伯猊下《げいか》」と大入道が云った。口を利けば酔っ払っている。だれも来なければ内攻してしまう所だろう。

「遅く伺って相済みませんが、又先生さんにお願いの筋がありまして」

おやおや、大入道の事を先生と云った様だ。苦沙弥が教師で先生だった流れを汲んで、大入道も教師なのか。それとも易者か弁護士か揉み療治か、まだその正体を審《つまび》らかにしないが、おまけに、先生にさんをつけて、先生さんと云った。

「何の筋でも、よく入らっしゃいました。筋は後で引っ張るとして、さあ先ず一献《いっこん》」

と大入道が杯を差した。「初めは馳けつけ三杯でお行きなさい」

「ところが先生さん、今日はまた朝来一粒一滴もと云う所なのでして」

「おや。それはいけない。風船の繋留索が切れましたか」

「先日から切れて居りまして。はい。相済みません」

そう云ってうまそうに酒を飲み出した。

風船画伯の為に新たに杯と小皿を載せた盆を持って座に戻ったお神さんに、大入道が云った。

「おい、風船さんは、また一粒一滴だとさ」

「おや、そりゃいけないわ」とお神さんが真剣な顔をした。

「だから大急ぎで、即席のお吸物をつくれ。初めはお酒と吸物で、流動物からだ」

大入道が云い終らない内に、お神さんはもうそこにいなかった。

「お騒がせして済みません。しかし、もう馴れて居りますので」

「そうだな、その点は信頼出来る。じかしどうしたのです」

「雑誌のカットを描いて居りましてね。そっちの手違いで繋留索が切れました」

忽《たちま》ち吸物が出来て来て、風船画伯はうまそうに啜《すす》っている。中身が何だか吾輩には解らなかったが、話の節節《ふしぶし》で葛《くず》を入れ生姜《しょうが》を溶かした搔き玉だった事を推断した。少少浦山敷《うらやまし》い様だが生姜は御免を蒙《こうむ》りたい。しかし何人《なんぴと》も吾輩に薦《すす》めているわけではないから、この穿鑿《せんさく》は止めよう。

お酒が廻って風船画伯の貧弱な声に張りが出て来た。大入道が酒の勢いで捕って喰いそうな調子だったのに対し、立ちなおった形勢である。

「風船さん、これをお上がんなさい」

「何で御座いますか」

「防風です。防風の根の油痛《あぶらいた》めです」

「ぼうふうと申しますと」

「そらお刺身のつまにつける浜防風、あの根を痛めたのです」

「どんな字を書きますか」

「消防自動車の防と、中風卒中の風です」

「ははあ、そう致しまするとこれはお薬ですか」

「薬にもなる様だが、八百屋ではこの根を棄ててしまうのだから、勿体《もったい》ないから、こうして食べるのです。うまいでしょう」

「おいしゅう御座います。何だか、またたびを聯想《れんそう》しました」

「またたびとは変だな。なぜです」

「この味は、いや味ではない、味わいだ。この味わいは、三ツ葉の根に似て居りますでしょう。三ツ葉は、またたびとどう云う関聯がありますか。その辺がわたくしにはよく呑み込めないのです」

吾輩は咽喉から、思わず一声にゃあと出てしまった。

風船画伯が、ぎょっとした目つきをして吾輩の方を見た。

「失礼致しました、猫殿下。勘弁して下さい。全くの所、不謹慎な話です。ねえ先生さん、猫にまたたび、鯨にしゃちほこ」

「それは話が違うよ、風船さん。浜防風、大風《おおかぜ》のもとだ」

「何ですか。しかしね、先生さん、さっきから猫が居りますでしょう。云わない事ってはないので、だから一言《いちごん》、お引き合わせを願おうと思ったのです。これは、どう云う猫で御座いますか」

「どう云う猫って、襖《ふすま》を開けて這入《はい》って来たんだ、風船さん」

「それはいけませんね。踊りますか」

「まだその暇はないんだ。さっき来たばかりでね」

「先生さん、猫の急所《きゅうしょ》を御存知ですか」

「知らない」

「猫のお尻の所に骨がありますでしょう。大腿骨ですか」

「猫の解剖は知らないから、解らない」

「骨盤と云うのか知ら。先生さん、有りますでしょう」

「そいつを撫でて見れば解るじゃありませんか」

「いや、撫でて見なくても、有る事はわかっているのですが、その名称です。まあ何でもいいから、猫のお尻の所に骨があります。その内側の柔らかい所へ指を入れて、真中に脊骨が通っていますから、脊骨の方へきゅっと締めると、ぎゅっと申します」

「そこが鳴るのですか」

「いえ、猫が泣くのです。急所ですから」

「面白そうだな」

「この猫でやって見ましょうか」

「およしなさい、可哀想に」とお神さんが云った。

「それからね、奥さん」と今度はお神さんの方へ向いた。矢っ張り奥さんと呼んでいる。

「猫の目玉を人指《ひとさ》し指《ゆび》の指の腹でこすってやりますとね、猫はそんな事を好きませんね」

「そうでしょうよ」

「いやがりますね。きっと、いやなんでしょう。やって見ましょうか」

「いけないわ、猫の目玉をこすったりしては。風船さんは少し酔ってるんだわ」

「目玉をこするのは寒月さんの領分だ」と大入道が口を出した。

「先生さん、寒月さんと云う方《かた》は目玉をこすられますか。矢っ張り猫の目玉ですか」

「猫ではない。蛙の目玉だそうだ」

「蛙とは又風変《ふうがわ》りの考案ですね。かえろの目玉に灸《きゆう》すえてか」

風船画伯は手に持っていた杯をそこへ置いて、変な手つきをした。「それでも跳ぶなら跳んで見な。おッぺけペッぽん、ペッぽんぽん」

「違うよ、風船さん、おッぴきぴッとん、ぴッとんとんだよ」

「いいえ、先生さん、おッぺけぺッぽんです」

「しかしだね、風船さん、ぴきぴッと云うのは笛だよ。とんが太鼓だぜ」

「わたくしはそう思いません。新派芝居の開祖川上音二郎のおッぺけぺを伝えているのでは御座いませんか」

「そうか知ら。ふうん、そう云う異説があるのかね。今まで知らなかった」

「猫の目玉に灸すえて、と校訂いたしましょうか」

苦沙弥先生の許に出入した諸君子もいろんな事を云ったが、この風船画伯は無茶である。吾輩多くを談ぜざらんとす。

「それよりも、風船さんがお帰りになる前に、何とかしなければいけないんでしょう」とお神さんが云った。

「そうだそうだ、風船さん、その持って来た筋を引っ張らなくちゃ」

「はい、誠に相済みません」

「ところで、おい、お金は無かったのではないか」

「そうなのよ」

「弱ったな」

「もう一昨日《おととい》からありませんわ。でも何とかしなくちゃ。一寸、ひとッぱしりして来ましょう」

「質屋か」

「あすこはもう遅いでしょ。蓮池の煙草屋のお婆さんに頼んで見るわ。どのくらい」

「そうだな。風船さん、二百両でよろしいか」

「いえ、百両で結構で御座います」

「しかし、已に一粒一滴の情勢では、すぐに無くなるからな。二百両頼んで御覧」

お神さんがお勝手口から出かけた後で、風船画伯は、どうも相済みませんと云って、畳の上にお辞儀をした。昔、小判が通用した頃から我が猫族は金銭に恬澹《てんたん》であって、猫に小判の諺が残っている位である。吾輩も亦《また》その後胤《こういん》として、百円であろうと十五銭であろうと、そんな事は全くの馬耳東風であるが、両替町の金子善兵衛の店で寒月君が買ったヴァイオリンは五円二十銭だったと云うのを思い出し、お金がなくて朝から御飯も食べられなかったと云う風船画伯に用立てるお金が、百円だ二百円だと云うのを聞いては正に隔世の感がある。猫の目の遷《うつ》り変りどころの騒ぎではない様だ。大入道と風船画伯がまだ止めずに酒を飲み続けているところへ、お神さんがちょこちょこと帰って来た。

「お待ち遠さま」

「貸してくれたか」

「はい二百円」

帯の間から、重ねて二つに折った百円札を二枚取り出した。

「それはよかった。さあ風船さん、どうぞお納め下さい」

「有り難う御座いました。相済みませんでした。一枚で結構で御座います」

「そんな事を云わずに。すぐ無くなりますよ。二枚持っていらっしゃい」

「いいえ、一枚で結構で御座います。有り難う御座いました」と云って一枚だけ取り、懐《ふところ》に入れてからお辞儀をした。

「それでは、ねえおい、家にもお金がないんだから、この百円は風船さんから借りておこうではないか」

「そうね」と云ってお神さんは曖昧な顔をした。吾輩が聞いても大入道の云う事は腑に落ちない。

風船画伯は一旦懐にしまい込んだ百円札を又膝の上にひろげて、こんな事を云い出した。

「先生さん、この表の百円と云う字の下に、赤い模様がありますでしょう。ここの所がわたくしには、女の脣《くちびる》に見えますのでね」

大入道が風船さんから借りたと云うもう一枚の方をひろげて、眺めている。

「それをそう云う風に見るわたくしの気持を形に取りまして、この百円札を描き直して見ようと思います」

「描き直してどうするのです」

「自刻《じこくじ》自刷《ずり》の版画にいたします」

「どんな絵だか知らないが、百円札の焼き直しはいかんね」

「いけませんか」

「おまけに自刷の版画にして、幾枚も造っては穏やかでない」

「お金として刷るのでは御座いませんよ、先生さん」

「それでも、きっと怒られる」

「叱られますか」

「家宅捜索を受けて、版木《はんぎ》を差押えられる」

「模写ではないのですけれど」

「何の為にこう云う物を造ったか、と云う事になる」

「何の為でも御座いません。他意あるに非《あら》ずと云ってやりましょう」

「使うつもりはなかったと云うのでしょう。そう云っても現に贋《にせ》のお札があっては、
あかしは立たないね」

「それは先生さん、御無理です」

「御無理でも、御尤《ごもっと》もな話ですよ風船さん、忍び込まなくても、泥坊は泥坊だ」

「それはお話が違います」

「寝ていなくても、病人は病人だ」

「それはその通りで、坐っている病人だってあります」

「お金を持っても、貧乏人は貧乏人だ」

風船画伯は暫らく黙っていたが、不意に梟《ふくろう》が鳴く様な声を出して、ほッほッほと笑った。

「成る程、それは先生さんの仰《おっ》しゃる通り、持っていても、持っていなくても、おんなじです」

「持っている時の方が一層憐れだと云う事を自分で痛感する。なあ風船さん」

「その通りで御座いますよ、先生さん」

「それで百円札の贋造《がんぞう》を思い止まって、先ず先ずお目出度い」

「又あんな事を先生さんは云われる。私は贋造紙幣を造るつもりなぞ、毛頭持って居りません。わからない先生さんだ」

「全くわからない風船玉だ。つもりはどうあろうとも、百円札をもとにして似た様な物を造ろうと云うのは贋造精神のいたす所だ」

「いいえ、わたくしの創造で御座います」

「創造ではない、偽造だ」

「偽造と申しますと、贋造とは違いますか」

「よく解らないな、どうだろう」

「変造はいかがです」

「成る程、変造は少し違う様だな。変造紙幣は金額を書き直したりしたやつで、贋造紙幣とは別の物だ」

「同じ怪《け》しからん事の中でも、区別を立てるとなると厄介ですね」

「変造はまた改造とも云うと字引にあったのを見た事がある」

「改造は雑誌の名前でしょう」

「贋造、偽造、変造、改造。栄造と云う三文文士がいたっけ、あっははは」と大入道が笑い出したと思ったら、いきなり起《た》ち上がって、「さあ風船さん、もう帰らないと遅くなる。電車がなくなる。風船さんのお帰りだ」と云った。

風船画伯は畳の上に両手をつき、「色色有り難う御座いました。又大変御馳走様でした。そろそろお暇《いとま》にいたします。しかし、まだ大丈夫で御座います。もう一献戴きましょう。まあまあお当て下さい先生さん」と変な挨拶をした。

「そうかな。大丈夫かな」と大入道は中途半端になって、突っ起っている。

「大丈夫、金の脇差し、その辺の加減はよく心得て居ります」

「どうだかな。当てにはならないが、猊下がたってそう云うなら、もう一献してもいい」

「まあ」

おとなしく差し控えていたお神さんが一言《ひとこと》嘆声を洩らした。こう云う時に下手《へた》に干渉すれば、却って反対の結果を招く事を知り、その舵加減《かじかげん》を心得ているのだと吾輩は推測した。

大入道はまた坐り込み、「それでは今度は麦酒《ビール》にしよう」と云った。

「そんなに召し上がって、いいか知ら」とお神さんは口の中で云って、二人の顔を見くらべながら麦酒を運んで来た。

「また一しおで御座います」

風船画伯はコップから手を離さない。

大入道は珈琲茶椀で飲んでいる。口をつけたら一杯ずつ一息に飲んでしまう。

「ちゃんぽんすると廻りますね、先生さん」

「口先が変るからね。しかし麦酒とお酒ではちゃんぽんにはならない。姿が違い、口当りが違うだけで成分は同じ醸造酒だから、おなかに這入れば同じ物だ」

「それでも麦酒とお酒をちゃんぽんに飲めば酔うと云うではありませんか」

「迷信だよ風船さん。打破しなければいけない。そう思って飲むから、そんな気になる」

「それでは、ちゃんぽんと云う事は御座いませんか」

「ない事はない。麦酒やお酒とウィスキーとを一緒に飲めば、それこそ本当のちゃんぽんで、そう云う酔い方をする。ウィスキーは蒸溜酒だから醸造酒とは成分が違う。違う物を一どきに飲めば、おなかの中でちゃんぽんになる」

「ははあ」と云って感心した拍子に、風船画伯は又麦酒を一杯飲み干した。

「一体僕は麦酒の方が好きなのだが、思うにまかせぬから、お金がかかるのでね、お酒を飲んでいる。しかしお酒もうまい。こう云う好きな物を飲んで、食べる物でも同じだが、こうして杯なりお箸なりを口へ持って行くでしょう。その時まだ口がふさがっていて、脣にぶつかったと云う様な事はない」

「そんな覚えは御座いませんね」

「杯なり箸なりを迎えて、それを受け入れる様に口を開けるのは、いつ頃なのかね。どこ迄来たらそうするのか、考えて見ても決して解らない」

「猫に何かやって、開けさして見ましょうか」

「駄目よ。お膳の物をやる癖をつけては後で困るわ」

「そりゃ駄目だ。強いてやって見ても、猫の場合は我我の規準にならない」

「矢っ張り自分でやって見なくちゃいけませんかね。時に先生さん、この猫は何と云う名前ですか」

猫「今までだって有ったんでしょうけれど、猫

「名前はまだ無い」

「そりゃ不便ですね」

「そうだわ、名前をつけてやらなくちゃ。今までだって有ったんでしょうけれど、猫に聞いてもわからないから、うちでつけるんだわね」

「命名式を致しましょう」

「じゃあ、つけてやろうか。アビシニヤ」

「変な名前だわ」

「何だか聞いた様な名前ですね」

名前なんかどうでもいい。あんまりいつ迄も下らない事ばかり云うので、つくづく退屈したから、脊伸びをしたら大きな欠伸《あくび》が出た。

「や、猫が欠伸をしたぜ」と大入道が云った。

第二

吾輩は原典「猫」の第二で「新年来多少有名になったので、猫ながら一寸《ちよつと》鼻が高く感ぜらるるのは難有《ありがた》い」と述懐した。再び贋典に載って、永年《ながねん》中絶したお正月をここに迎えたが、有名無名で鼻が高くも低くも感じないのは猫の年の功である。低くても高くてもいいから、ただ鼻の先が乾かない様に念ずる。

不思議の縁で大入道の家の馮煖《ふうかん》となり、明け暮れその退屈そうな顔を眺めてくさくさする。大入道は一日に幾仕切り大欠伸をするか解らない。一仕切りに概《おおむ》ね十回ぐらい顎が外れる様な欠伸をして、両眼からぽろぽろと大粒の涙をこぼす。胃弱の苦沙弥の生欠伸とは事ちがい、性根がゆるんで、臓腑がだらけた隙間から吹き上げて来る風のかたまりの様な物だろう。

今日は珍らしく大入道が昼寝をしている。滅多にそんな事はしないのだが、余程退屈して自分の目玉を持てあましたのだろう。茶の間の柱の前に横になって、足許に毛布を掛けているから、吾輩はその裾の所に乗って、香箱《こうばこ》をつくっていた。つい吾輩もうとうとした。向うに柿の木がある。葉が落ちつくして裸の枝がにゅっと出ている。何だか四本の足の爪がむずむずして、がりがりと登って行く様な気がした。不意に大入道が変な声をし出したので、吾輩の気分がはっきりしたが、大入道は眠った儘何か云おうとしている様で、それが言葉にならないから、咽喉の奥でもがいている。午睡をして魘《うな》されているのだ。魘される声は趣きのあるもので、吾輩思うに、人間が彼等の言葉を使い始める前は、きっとあの様な声をして鳴いていたに違いない。猫とも違うし、牛とも違うし、勿論鳥の啼き声の様な調べはない。あれが動物としての人間の本来の鳴き声なのだ。面白いなと思っていると、裏庭で洗濯物を干していたお神さんが、あわてた様に馳け上がって来て、大入道の胴中をぐいぐいとゆすぶった。

その騒ぎで吾輩も毛布の裾から下りて、寝ている大入道の顔の前の方へ廻った。大入道が本来の鳴き声を止めたと思ったら、目を開けた。その途端に、「あっ、こいつだ」と云って吾輩の方を凄い顔で睨《にら》みつけた。起き上がる恰好になって、片手を振り上げたけれど、吾輩のいる所には届かない。何を怒っているのか解らないから、吾輩はその儘の姿勢で形勢を観望している。

「何に魘されたんです」とお神さんが、そこに膝を突いたなりで聞いた。「悪い夢はすぐに話してしまった方がいいわ」

「悪い夢と云う事もないが」と大入道が起きなおって、思慮深い顔で云った。「向うに柿の木があって、柿の木の枝に平ったい猫が一ぱい生《な》っているのだ。おかしいなと思っていると、わしの身体がその柿の木になった様な気がして、そこへもう一匹猫が根もとから登って来だしたんだ。くすぐったくて仕様がないから、振り落としてやろうと思うけれど身体が利かないから、身もだえをしていたところなんだ。目をさまして見たら、根もとから登って来たのは、こいつに違いない。碌でもない猫だ」

お神さんが吾輩の方を向いて、「アビや、柿の木に登るんじゃないよ」と云った。吾輩はこの場を笑って済ませようと思ったが、猫の笑いは人間に感応しないから仕方がない。

いい工合にだれか来た様である。お神さんが取次ぎに出て、愛想のいい挨拶をしている。女客の様である。引き返して大入道に鰐果《わにはか》さんのお母様ですよと知らせて、次の間の座敷に座布団を出したりしている。大入道は一寸迷惑そうな顔になったが、それでも起ち上がって玄関へ出て行った。その間に吾輩は神輿《みこし》を上げて座敷の隅に移る。大入道に請《しょう》ぜられて、脊の高い老婦人が座敷に通った。馬の様な長い顔をして、年寄りの癖に金歯を光らしている。

「見附の傍《そば》の教会に集まりが御座いましてね、その帰りに御近所を通ったものですから」

「はあ。よく入らして下さいました。お元気の様で何よりです」

「私共は、その日その日を感謝で送っておりますから。そう云えばあなたはまたおふとりになりましたね」

「何、むくんでるのでしょう」

「どこかお加減でもお悪いのですか」

「加減が悪いと云う事もありませんが、こないだ内から続いたから、飲み過ぎたのでしょう」

「まあ、お酒ですか。いけませんねえ。本当に何と云う情無い事でしょう。あなたの様な御立派な方が、いまだにお酒の癖がお抜けにならないと云うのは。私はいつもあなたの為に神様にお祈りしております。今でも毎晩沢山召し上がるのですか」

「何、沢山でもありません。しかしお酒はどうも過ごし勝ちになって、矢っ張りいい加減の頃合いがありますから、一人の時には大体きめて飲む事にしています。この頃は一本ずつです」

「一本と仰しゃるのは、そうですか、お銚子に一本ですか」

「いや、そうじゃない、凡《およ》その量をきめる為に、あらかじめ小出しにしておいてから始めるのです。一本と云うのは小出しの罎《びん》で、四合罎です」

「まあ。それをあなたは毎晩召し上がるのですか」

「翌くる日に持ち越さない、丁度いい加減のところです。お行儀よくそれで止めておけばいいのですが、酒飲みは意地のきたないもので、ついその外《ほか》に又麦酒《ビール》を飲んだり、その方を過ごしたり」

「そんな事をなさって、何と云う事で御座いましょう。今日はこちらへ伺ってよろしゅう御座いました。本当に難有《ありがた》いおみちびきです。きっと止めて戴かなければなりません」

「はあ」

「何もお宗旨の上の事ばかりでは御座いません。あなたの大事なおからだが案じられます。お父様が早くおなくなりになったのも、お酒の為では御座いませんか」

「それはそうかも知れませんね。寿命もあったに違いないが、お酒の飲み方は全く下《へ》手《た》でした」

「上手下手では御座いません。お酒を召し上がればどなたでもそうなります。お父様のおなくなりになったのは、お幾つの時だったでしょう」

「四十五の夏です」

「立派な才能をお持ちの方が、本当に勿体《もったい》ないでは御座いませんか。今までお達者だったら、あなたは申す迄もなく、私共もどんなによかったでしょう。お父様の事をお考えになって、御自分のおからだを大事になさらなければいけません」

「父は全く無茶飲みをした様です。子供の時の父の記憶は、いつでも朝は額《ひたい》の顳顬《こめかみ》の所に頭痛膏や梅干を貼りつけていて、梅干は皮まで乾いていました。それから鉢巻をしている時もあって、げえげえ云っていましたよ。馬鹿ですね」

「そんな事を仰しゃるものではありません」

「しかしね、無理もないので、年端もゆかぬ父がどうのこうのと云っては大人気《おとなげ》ない話で、気の毒です」

「妙な事を仰しゃいますのね。あなたのお父様では御座いませんか」

「父ですけれどさ、もう僕よりはずっと歳下で、世間の事も、人生の味も、なんにも解らぬ内になくなりました」

「そんな事を仰しゃるものではありません。お父様が御自分より歳下の未熟な方の様な事をお考えになるのですか」

「その内僕もおいとまして、閻魔《えんま》の庁へ行ったら、父に会って色色御伝授申す事がありますよ」

「まあ、閻魔の庁だなんて、あなたの様な方でもそんな迷信に囚《とら》われていらっしゃるんですか」

「行って見ない事には解りませんから、成る程迷信かも知れない。しかし今日は随分お叱りを蒙りましたな。どうかこの辺で御宥免《ごゆうめん》を願いたいものです」

「そう云う事を仰しゃる。私はお父様の御在世中から、あなたのお小さい時から、存じ上げているからこそ、あなたのお身の上を案じて申しているのではありませんか。さっきから伺っている様な、お酒浸《さけびた》りの生活をしていらしたら、きっと御病気なさいます」

「それは僕も考えない事はないので、だから節度を持してお酒を飲んでいますよ。どの位と云う方は中中六ずかしいが、度数は制限出来ますからね。一日に一回しか飲まない、つまり晩だけです。これは何年来、いやもっと、もっと前からそうしていますよ」

「本当でしょうか。あなたの様なお酒飲みが」

「だから酒浸りなどと云うには当たらない様です。お行儀はいいのです。よばれる事があっても昼間の宴席には出ませんよ」

「流石《さすが》にしっかりしていらっしゃる所もある様ですわね」

「そうしないと、だらだらお酒を飲むと、晩の一盞《さん》がまずくなるのです」

「それではしかし、晩においしく召し上がる為の御行儀ではありませんか」

「そうなんです」

「矢っ張りいけませんわ」

「おいしく飲む様に心掛けてはいけませんかね」

「おいしくても、まずくても、お酒を召し上がっていいと云う事は御座いません。私はもっともっとお祈り申します」

「弱ったな、またもとの所へ戻った様で」

「何度でも申します。一心に神様にお祈り致します。あなたをお救い申さねばなりません」

「お心ざしはよく解って居ります」

「お酒も煙草も近づけない立派な方が世間には沢山あります。又そう云う悪い習慣になずんでいる方が悔い改めて、綺麗にお酒や煙草をおよしになった例をいくつも知って居ります。心掛け一つです。ぁなたも早くそう云うお気持になって戴かなければ、先程も申しました通りこれは私共の信仰からばかりでなく、おからだが持ちません。

御病気なすったら、どうなさいます」

「僕もそう思うのです。そう云う事になったらお酒も煙草も止めなければなりますまい。病気にもよりますけれどね」

「ですから、只今からそのおつもりにお成りなさらなければ」

「まだ病気にかかった様な気は致しませんけれど。僕の大学の時の先生に麦酒の好きな方がありましてね、病気で入院している時、少しよくなると病室を抜け出して、外で麦酒を鱈腹《たらふく》飲んで帰って来て、また寝ているのだそうです」

「無茶をなさる先生です事。その方はどうなさいました」

「もうとっくになくなられましたけれど、その時は全快して退院されました」

「そう云う方の事は例になりません。私の申し上げる事をお外《そ》らしになってはいけません」

「本気に伺って居ります」

「でも決してそうするとは仰しゃらないではありませんか」

「その内にお言葉に従う様に心掛けます。仰しゃって戴く事はその通りだと思うのですけれど、又一方、僕などはお酒や煙草を一つのゆとりと云う風にも考えているので、お酒や煙草を飲まない人とか、止めていると云う人が、もしそう云う物を節するなり禁ずるなりする必要のある病気にかかった時は、一足も後に退《さ》がる余地のない崖っぷちに後ろ向きに起っている様なもので、危険この上もないと思うのです。ふだん不養生と云われる様な事をしている者は、そう云う時にいけない物を節するなり止めるなりして、なお幾足かは後退《あとずさ》りするゆとりがある。その間にまた何とかなるかも知れないし、ならないかも知れないが、そんな事を考えるのですよ」

「そんな理窟でお酒を召し上がるのですか」

「いや、決してそうじゃない。そんな事を考えてお酒が飲めるものではありません。要するに飲みたいから、止めたくないから、後からくっつける理窟です。うそじゃないけれど本当でもありませんよ」

「それじゃ、あなたは」と馬頭観世音ではない馬面《ばめん》のマリアが少しきっとなった様子で、向き直ろうとした時、吾輩いかな事にも辛抱が出来なくなって起ち上がり、背中を高くして大入道の顰《ひそ》みに効《なら》い猫の欠伸を発散したら、丁度少し前からお茶を入れかえてそこに坐っていたお神さんが、驚いた様に吾輩の頭を敲《たた》いて、

「これアビや、お話しの途中に欠伸なぞして、何て失礼なんでしょう」と云ったのは、吾輩から見るとお神さんの大変な失礼であった。甘干しの柿に秋の日がかんかん照りつけた昔から、吾輩長談義《ながだんぎ》には馴れているつもりだが、大入道の退屈入道が馬面マリアのお説教をのがれようとして埒《らち》の開かぬ逃げ口上を陳弁するのは聞き飽きた。そこいらでも一廻り散歩して来ようかと思うところへ、玄関で妙な声がした。

「げえさんせえ。げえさりませえ」

大入道も馬面マリアも小さなお神さんも顔を見合わせて合点の行かぬ恰好をしている。一寸の間、家の中がしんとした。また玄関で、

「おられるんでしょうがな、げえさんせえ」と云った。

お神さんが怪訝《けげん》そうな顔で起って行った後、座に残った二人は、接ぎ穂を折られて、黙ったまま顔を見合わせている。

「へえ、岡山の作久《さくきゅう》が来た云うてつかあされや、解りますがな。もうお構いなさんな」と云う声を後に残して、お神さんが引返して来た。

何だかよく解らないけれど、岡山から来た人の様だと、大入道に耳打ちする様な恰好で告げている。

大入道は髭の先をひねりながら、もう解っていると云う呑込み顔で、しかし馬面マリアを気にしている。

「それでは、おいとま致しましょう。大変長居をいたしました。どうぞ今日申し上げた事をよくお考えになって。この場限りにお聞き流しになってはいけませんよ。その内また伺ってゆっくりお話しいたしましょう」と云い云い席を起って玄関へ出て行った。

「こりゃあ、こりゃあ、お客さんで御座んしたか。そりゃ、どうも、えらい御無礼を

いっちました。もうどうぞお構い下せえますな」

作久さんは狭い玄関で一人で騒ぎ立てながら、身を躱《かわ》してうまい工合に馬面マリアを表へ押し出してしまった。

「こりゃあ、こりゃあ、五沙弥さん、まあお久しゅう。やれやれ、御無事、息災な所を見て安心しましたがな。どねえな事になっとるか思いましてなあ」

「兎《と》に角《かく》お上がんなさい」作久から五沙弥さんと呼び掛けられた大入道が丸で調子の違った所から応じた。

「へえ、そんなら御挨拶は後から云う事にして、せえでは、げえさんせえ」

ズックの鞄や風呂敷包や色色の荷物を両手に持って、作久さんは座敷に通った。

「こりゃあ、どうも、もうお構いんさんな」

「いつこちらへ来たのです」

「いつ云うて、あんた、たったいんま先、著《つ》いたばかしじゃがな。どねえな事になっとるか思いましてなあ」

「兎に角、よく来ました。東京は初めてでしょう。僕の所がよく解ったものだ」

「そりゃ、あんた、人に聞きましてなあ。東京の人は親切に教えてくれますらあ。ほんまによう教えてつかあさる。感心しましたがな。あっ、こりゃあどうも、奥さんで御座いますか。初《はつ》にお目に掛かります。私は岡山の中納言《ちゅうなごん》の者で御座いまして、もうとうに亡くなりました兄貴がこちらの五沙弥さんのお友達云うわけで、私はそのおとで御座います。何分宜しゅうお頼《たの》う申します。この度はまたこっちはえらいけうとい事じゃったそうで、しかしもうどうぞお構いんさんな。へえ」

お神さんは不思議そうな顔をして、相槌《あいづち》も打たずにお辞儀ばかりしている。

「全く珍らしい人が顔を見せたものだな。東京に何か商用でも出来たのですか」

「ありゃあ、あんな事を云うとられる。商用もなんも有りやしませんがな。東京はあんた、こないだの颱風で大水じゃ云うもんじゃから、びっくりしましてなあ、新聞にもえろう書き立てまするし、この様子では五沙弥さんとこも流されとりゃせんか云うわけで、心配しましてからに、お見舞に行《い》て来《こ》う云う事になって参じましたがな。まあまあ、御無事で何よりでした。どうぞ奥さん、お構い下さいますな」

「颱風って、いつの事だろう」と五沙弥入道が胡散《うさん》臭い顔で云った。「第一、もう颱風の季節でもないし」

「それでも新聞に出とりましたがな」

「今年の颱風はいつもより遅いと云った事があった様でしたわ。でも、もう随分前の去年の話でしょう」

「記憶にないね」

「あんな事を云うとられる。新聞に出ましたがな」

「岡山の新聞の事は知らないけれど、要するにそう云う騒ぎはなかった様だな」

「そんな事を云うとられても、その時には雨がずどぼっこう降ってからに、あっちもこっちも大水で家が流れて、人死にが仰山《ぎょうさん》あったんでしょうがな」

「いつの話なんだろう」

「ほんまに、けうとい事じゃった思うて、みんな心配しましてなあ。来て見たら何の事ものうて、こんなええ事はありませんがな。まあ、げえさりませえ」と云って作久さんは窮屈な恰好で背広の膝を崩した。

「それは兎に角として、あんたは疲れているでしょう。少し休んでいらっしゃい。今日はこれからどうするのです」

「どうする云うて、五沙弥さん、そんなわけでお見舞に参じましたが、御無事な所を見てほんまに安心しましたから、一寸二三日逗留さして貰いましてなあ、銀座や浅草云うとこを、田舎もんでどっこも知りませんから、見物さして貰うて行こう思うて」

「それは困る、作久さん」と五沙弥入道が胡散な顔に纏まりをつけて云った。「僕の家《うち》は人を泊める余裕はありませんよ」

「まあそんな事を云われずに。上がり口でもお台所の隅でも、一寸二三日置いてつかあされあ、お邪魔はしませんから、ほんまに、それでええんですから、お構いんさらずに」

「作久さん、どうも困った話だな。僕の家は御覧の通りの手狭で、茶の間とここと、この次の間の僕の書斎だけなんだから、あんたの居る所がない。又一日じゅうこうしていられたのでは、僕は困ってしまう」

「いいえ、もう、ほっといてつかあさい。見た事のないとこを見物して参じますから、晩になって寝さしてさえつかあされぁ、お邪魔はしませんがな」

「その、寝ると云っても、おい、余分の布団はないのだろう」

「そうね」

お神さんは顎を引いた恰好で、考え込んでいる。

「布団の事やこう、お構いんさんな。そこらの隅でころんで寝ますがな。五沙弥さんは仰山に考えてつかあさるから、おえませんがな」

「それに作久さん、僕の所はこの通り無人で、家内一人でやっているのだから、泊り客のお世話までは手が廻らないよ。猫がいるけれど、猫の手を借りるわけにも行かんしね」

「ほんまに猫がおりますなあ。しり尾が長うて、ひょんなげな猫じゃ。東京ではこんなのでも家で飼うとられますか」

お神さんが顔を上げて云った。「お布団は、暗くなったら貸布団屋へ行って借りて来ましょう。矢《や》っ張《ぱ》りそうでもしなくちゃ、外にいらっしゃる所もないんでしょう」

「御本人を前に置いて云っては悪いが、全く困った話だ」

「でも仕方がないわ、宿屋と云っても御紹介する所もないし」

「止むを得んか」

五沙弥入道は髭の先の所で少し笑っている様子である。観念して可笑しくなったのだろう。

「そうしましょう。お客様どうぞ、お構い出来ませんけれど」

「これは、これはどうも、えらい御心配を掛けました。今日はもう遅いし、くたぶれても居りますから、見物に行くのは明日の事にしょう思いますがな。お構いんさらずに、くつろがしてつかあさい」

「どうぞ御ゆっくり。さあ、もう晩の事をしなくちゃ」と云ってお神さんは起ち上がった。

大入道も起ち上がり、膝を叩いて、茶の間のいつもの柱の前に引き取った。

座敷に一人残った作久さんは、手許の荷物を片っ端から引っちろげて、遍路の荷探しを始めた。

第三

「けんげん、こおり。けんげん、こおり」

「疎影堂《そえいどう》の馬鹿、よせ」

O alte Burschenherrlichkeit !
Wohin bist du geschwunden ?
Nie kehrst du wieder, goldne Zeit,
So froh und ungebunden !
Vergebens spaehe ich umher,
Ich finde deine Spur nicht mehr.
O jerum, jerum, jerum,
O quae mutatio rerum !

「オウ アルテ ブルシェンヘルリヒカイト（あの少年の春は）ヴォウヒン ビスト ヅウ ゲシュヴンデン（どこへ消えて行ったか）ニイ ケエルスト ヅウ ヴィイデル、ゴルドネ ツァイト（もう帰っては来ない）」

「先生、わしゃ、つらくなった」
蒙西《もうさい》が手に持った麦酒《ビール》のコップをそこに措いて、ぼんやりした顔をしている。
「ヅウ フロウ ウント ウンゲブンデン」
「この歌を歌っていると、そんな気がするからいやだ」と疎影堂が云った。疎影堂君の頭の天辺《てっぺん》には毛が一本も残っていない。

たわいもないおやじ達が三人集まって、五沙弥入道を取り巻き、頻《しき》りに麦酒を飲んでいると思ったら、到頭歌を歌い出した。小さなお神さんが、あきれた顔をしてお勝手へ引っ込んだが、座を起つ時、

「ちょいと、あなた方、あんまり大きな声をしないで頂戴よ」とたしなめる様に云った。

吾輩はさっきから出田君の膝に上がって、老学生達の饗宴《きようえん》を拝見している。三人共五沙弥入道の昔の学生だそうで、だから五沙弥もとは苦沙弥と同じく学校の教師だった事がわかる。三人の内、出田君だけは頭の外観に異状がないが、疎影堂君は横斜する名残りもない禿で、もう一人の蒙西君は半禿《はんはげ》の半白髪《はんしらが》の分別臭い顔をしている。みんな五十に手の届く年頃だが、五沙弥入道を取り巻いて麦酒を飲んでいる様子は誠に取りとめがない。蒙西は百貨店の支配人で、出田は文部省のえらい役人で、疎影堂は蒲鉾《かまぼこ》会社の重役だそうだが、禿げているだけの事はあって、早く結婚した為に已《すで》に一人歩きの出来る孫があると云う話である。

「君達は歳を取っているから、一緒に歌を歌っても、途中で気勢が抜けてつまらんよ」と蒙西が云った。

「歳を取ってはいないよ、生意気云うな」

疎影堂が片手で麦酒のコップを持ち、あいた手でつるりと自分の頭を撫でた。

「蒙西が尤もらしい顔をしているけれど、アルト・ハイデルベルクでケティになって、お白粉をつけやがって、カル・ハインツ、カル・ハインツって変な声を出したぜ。考えて見ると、いやになっちまう」と出田君が云うと、蒙西は平ったい顔をまともに向けなおして遮《さえぎ》った。

「違うよ、違うよ、ケティは平井だよ。おれはチェホフの独逸語《ドイツ》訳でポポフ夫人さ。アッハ　ゾウ　ダス　ジント　ジイ、イヴァンヴァシュリヴィッチ」変な声を出して、女の声色《こわいろ》を使った。「あの方だよ。まだ、今でも、ずっと先の方まで覚えているぜ。忘れないもんだね」

「そうかねえ。僕は覚えて居らん」と五沙弥入道が口を出した。

「あんなに、ぎゅうぎゅう、人に詰め込んで覚えさして、本家本元が覚えて居らんは非人情ですばい。猫のどこかにそんな文句があったでしょう」

「語学の勉強はあれでいいんだよ」

「全くひどい目に会ったね。僕はファウストの長い独白《モノロオク》で、舞台の上に立ち竦《すく》んでしまった」と出田君が指の先で吾輩の耳を裏返しながら云うと、五沙弥入道が面白そうに膝を乗り出した。

「出田のファウストは珍怪の極みだったね。ガウンの様な物を著《き》てさ、頻りに袖ばかり振って、領巾《ひれ》振る山のファウストみたいだったぜ。いやに長い顔をしてさ」

「長い顔って、僕ですか」

「そうさ」

「おかしいな。あんまり困ったので、顔が長くなったのかな」

「ファウストの台詞《せりふ》よりは長かった」

「そんな筈はないな」

「今だって長いじゃないか」

「長かありませんよ」

「自分の顔は見えにくいからね。顔が長くなれば自然目は上の方へ上がる」

「無茶だよ、先生の云う事は」

「目がもとの儘の位置にとどまって、上の方だけ伸びたら、おかしいぜ」

「それじゃ、どうするのです」

「大体、顔が長いと云うのは、真中辺りから下の方が伸びているのだ。成島柳北が墨堤へお花見に行ったそうだ」

「墨堤って、何です」

「隅田川の土手だよ。福地桜痴などと一緒に馬に乗って行ったんだ」

「成島柳北を先生は知ってるんですか」

「馬鹿な事を云いなさんな。僕が生まれて来る何年も前に死んでいる。人をあんまり、じじいの様に考えるものではない」

「はい。それで、どう云う事になるのです。何の話を我我は聞きつつあるか」

「だからさ、成島柳北がお花見に行ったんだよ、馬に乗って」

「隅田川でしょう」

「世はさかさまと成りにけり、と云うのがその時の歌なんだ。きっと福地桜痴が作ったんだね」

「どう云う意味なのです」

「乗りたる人より馬は丸顔」

「だれが乗ったのです」

「成島柳北さ」

「あっ、そうか。何だ、まだ顔の長い話ですか」

「随分長かったらしいね。いつぞや新聞の何とかの記念日に、明治初年の先覚者として成島柳北の写真が出ていたが、あんまり長くて欄の下に食《は》み出していた」

「矢っ張り下へ食み出すのですかね」

「そうだよ、上へ食み出したら七福神の福禄寿の様な顔になってしまう。頭が長くて、三人前の頭痛がし、と云う事になる。君なんざ長いと云っても知れたもので、柳北よりは丸顔だよ」

「長い短かいと云っても、程度でさぁ」と平ったい蒙西君が口を出した。「いくら詰めて見ても横に長くと云うわけには行きませんからね」

「何だい、利いた風な事を云うじゃないか。おれは横にも縦にも長くはないよ」

「アッハ、ゾウ、君の事を云ってやしないよ、イヴァンヴァシュリヴィッチ。僕はね、先生、今日はこうして髯《ひげ》を剃って来たからつるつるして」

「けんげん、こおり。けんげん、こおり」

疎影堂が横から頓興《とんきょう》な声を出した。

「だまっていなさい。お前の事ではない。この通りつるつるしていますけれどね、僕はここの髯が濃いでしょう、昔から」

「驚いたね、汽車の中で」

「何です」

「出田君、僕が蒙西を連れて京都へ行ったんだよ、蒙西の卒業前さ。その時分の特別急行の三等車に向き合ってね、朝東京を立って、晩飯前の明かるい内に京都駅へ著《つ》いたんだが、出かける前に奴《やっ》綺麗に顔を剃って来て、僕の前に澄ましていたが、昼の内汽車が走って京都に著いて見ると、降りる前に気がついたんだが、もう頤が亀の子束子《たわし》の様にざらざらして、見る目が痒《かゆ》くなる程、毛が生えていたよ」

「うそだよ。エクジャゼレイションだ」

「汽車が走っている内に生えたんだね。時間の経過だけでなく、震動が刺戟になって伸びるのだろう」

「ゆすぶられて伸びる様な毛ではなかったつもりだが、まあいいや、それは既に遠き代の物語でさあ。ところがこの頃になって鏡を見るでしょう。少し伸びた時に鼻の下や頤を見ると、撫でたところは昔の儘ざらざらしている癖に、いやに薄いじゃありませんか。先生閣下並に諸君、これはどう云うわけだと思う」

「歳の所為《せい》で目がうすくなって、鏡の中がよく見えないんだろう」と出田が云って、又吾輩の耳を裏返した。

「違うよ。怪しからん事を云う。先生はどう思います」

「頭と同じ様に抜けて来たのだろう」

「ナイン、ナイン」と云い返して蒙西がいやな顔をした。

「頤や鼻の下が禿げるなんて、聞いた事がないよ。じれったいね、そんな事じゃないんです。白髪が混じって来て、その数が多くなって、黒いのだけしか見えないから、それで薄くなった様に思われる」

「それ見ろ、矢《や》っ張《ぱ》り目がうすくて白髪の所が見えないんじゃないか」と出田が云った。

「目はかすみ、ひげは抜け落ちか。見られねえじじいだ」と疎影堂が口を出した。

「何だと。ハーゲン・ヴァシュリヴィッチ」

「今度蒙西を連れて京都へ行って、著いてみたら頤が真白になっていたってね」と五沙弥も一緒になって云った。

「よう云わんわ。おなぶりなさいませ。生き代り死に代り、うらめしや、麦酒を飲むよ」

蒙西は大きなコップを一息に飲み干した。

「アイン・ツウクで飲むもんだよ。解ったか」

疎影堂がプロウジットをする様にコップを挙げて、自分も飲み干してから云った。

「おれ達は独逸語でもいじめられたが、作文にも弱ったね。次から次から宿題で」

「作文か」と五沙弥入道が気のない顔をした。

「一体なぜ作文なんかを教わったのだろう。独逸語の先生なのに」

「文章家気取りだったのだね、夫子《ふうし》自身が」と五沙弥が自分で弁明した。

「文章家の先生に指導せられて、僕達は格別上達した様な気もしなかった」

「あれでいいんだよ」

「宿題を返して貰っても、どこも直してあるではなし、その癖八釜《やかま》しくて、出さないとおどかされたよ、ねえおい」

「君達の書いた物が、一一直せるわけのものではない。おどかして書かせれば、それが練習になって、それで教師の任は果たした事になる」

「道理で先生の作文には朱筆と云うものが這入《はい》っていなかった。返って来たのをめくって見ても、張り合いのない事夥《おびただ》しい。それでも次のを出さないと、凄い目玉で睨みつけて何か云われるでしょう。ひどい目に会ったものだ」

「疎影堂はまた下らない懐古の情を催しているね」

「それでも先生は、ああして出させた物を持ち帰って、読む事は読まれたのですか」

「持ち帰らないよ」

「学校に居残って読むのですか」

「学校の抽斗《ひきだし》に入れておいた」

「抽斗から出して読むのですか」

「生酔いの疎影堂はうるさいね。もう昔の話だよ」

「昔の事を思い出して一寸《ちょっと》伺ったのですけれど」

「滅多に君達の作文を読んだ事はないよ」

「おどかして取り上げるだけで、お読みにならないんですか」

「君達の書いた物が読めるものか」

「驚いた。しまった。だまされた」

「だましはせんよ。書いて出したらそれでいいんだ。それが勉強なのだ」

「しかし、読んでは下さらないのですか」

「読むのは面倒臭い」

「矢っ張りだまされた」

「事わけの解らない疎影堂だね。僕が読みたくて君達に書いて貰ったのではないんだよ」

「おかしいなあ。どうも理窟が。しかしね、先生、読まないと仰しゃるけれど、返って来たのには、ちゃんと評点がついていましたよ」

「評点は与えた」

「読まずにですか」

「読むものか」

「両君もあずかり聴けよ。無茶だよ」

「無茶ではない。評点はこちらの課した宿題を提出したのに対する請取のしるしなんだ」

「だって優劣を生ずるでしょう」

「君は自分の貰った評点を覚えていないだろう」

「そりゃ古い事で、忘れましたけれどね。月だとか、花だとか云うのでしたね」

「優良可と云うのは僕は使った事はない。甲乙丙はそれよりも古いが、優劣が判然するから使わなかった。天地人も矢っ張りはっきりし過ぎていけない。あの当時、僕は主として雪月花と花鳥風月とを、その時その時でいい加減に使ったんだよ。花は雪月花では丙だが、花鳥風月なら甲だろう。花鳥風月の月は一番裾で丙よりまだ下の丁だが、雪月花では乙だ。だから僕の与えた評点で優劣の判定は出来ない。抑《そもそ》も優劣なんか考えていないんだからね。この外に、標準を曖昧にするには、仁義礼智信や八犬伝の仁義礼智忠信孝悌を混用すると云う手もある。どうだ疎影堂の心配性、今になって安心したか」

「僕は矢っ張り残念だな。優劣や評点なんかどうでもいいのです。あの時分、先生に読んで貰おうと思って、読んで下さるものと思ったから、一生懸命になって書いて出したのに」

つるつるの疎影堂が感極まった声を吞み込み、恨めしそうな目で五沙弥入道を見ながら麦酒のコップを空けた。

「読んだのもあるよ。昔を今に変な顔をするな。疎影堂のは魚屋のつけの様な字で判読するのに骨が折れた」

「丸で読まなかったのでもなさそうだね」と蒙西が云った。「そら、おれ達の前で高原の作文を褒めて、先生自ら朗読したじゃないか」

「ああ云うのが文章家の指導だったのだね。すすきの葉っぱに立ち小便をひっかけたら、月光で小便の棒がきらきらと光ったと云うところを馬鹿に感心して、おれ達も一斉に感心する様に命じられたね」

疎影堂はまだ残念そうであった。「おれは後でやって見たけれど、それ程の事はなかった」

「おれのは褒めなかった」

「そこがつまり名文の功徳《くどく》なんだ、ときっとそう云うんだよ、先生に云わせたら」

立て附けの悪い玄関の戸が、がたがたと開く音がして、お神さんが取り次ぐ暇もなく又新顔が一人這入って来た。同じく五沙弥入道の旧学生佐原満照君である。佐原君は先客の三人よりは遥かに後輩で、まだ一人前のおやじではない。

「先生、御無沙汰いたしました」

「佐原は麦酒は飲まんのだから、ほっておけばいい」と云うのが五沙弥入道の挨拶であった。

「少しなら戴きます」

「恩に著せて飲んでくれなくてもいい」

「はい。これはこれは皆さんお揃いで、今晩は何事です」

「何事でもないよ」と蒙西が引き取った。「こう云う晩もあるものだよ。サラマンダア」

「あれ、すぐにあれだ。叶《かな》わんよ」

「佐原君はまだ結婚しないのか」と疎影堂が聞いた。

「はい、もう少し」

「もう少し何だ」

「もう少しお待ち下さい」

「待ってやしないよ。いやな子だね、この子は」

出田君も口を出した。「佐原君はフィアンセの家《うち》に寄寓していると云う話じゃないか」

「そうなのです。羅迷《らめい》先生」

「それでは、もう決まってるんだね」

「いえ、その方《や》は止めました」

「何を止めたの」

「結婚しない事にしました」

「それじゃ、もうその家にはいないのか」

「結婚は止めましたけれど、そこにいます」

「おかしいねえ。どう云う家なんだ」

「結婚しようと思っていた相手の家です」

「もういる意味はないじゃないか」

「そこの人が親切にしてくれるのです。向うのお父さんやお母さんは僕に貰って貰いたかったのです。しかし止めました」

「なぜ」

「思う仔細あって止めました」

「それなら外へ行ったらいいじゃないか、いつ迄もそこに便便《べんべん》としていると云う法はない。変だぜ」

「はい。心掛けます。羅迷さんの御忠告に従います」

「おい出田、ほっとけよ」蒙西が乗り出した。「サラマンダアは何を考えてるか解りやしない」

「蒙西さんはひどいな、僕は忙しいんです」

「そうだろう。忙しそうな顔をしている」

お神さんがお勝手から出て来て、仲間に這入った。

「佐原さんは皆さんにいじめられてるのね、可哀想だわ」

「奥さん、僕は悪い所へ来ました。来なきゃよかったけれど、外を歩いてもいじめられるし」

「だれがいじめるの」

「この頃外はとても物騒です。うっかりすると、すぐ女の子につかまります」

「それはだれなの」

「こないだも新宿を歩いていたら、いきなり来て腕を組んで、一緒に行こうと云うんです。すっかり怒られちまいましたよ。ことわったら」

「何てことわったの」

「連れがあるから駄目だよと云ったら、連れがあるなら有る様に一緒に歩いたらいいじゃないかって、ひどく叱られました」

「そんな事云わずに、一緒に行って見ればいいのに」

「だって、本当の連れが僕のうしろからついて来てるんですもの」

「おいおい」蒙西が云った。「いい加減にしないとサラマンダアの頭の小判を引っぺがすぞ」

「いや全く佐原君の云う通り物騒だよ」と出田君が云った。「僕も暗くなってから家へ帰る時、駅を出たところで二三度腕を組まれた」

「本当かい。君の様なおやじを」と五沙弥入道が聞いた。

「本当ですよ」

「本当でしょう」と佐原が云った。「先方は羅迷さんが好きでする事じゃないんですから。商売なんですもの。年配の人の方が見込がありますからね」

「君は出田の事を頻りに羅迷、羅迷と云うが、どう云うわけだ」

「僕の俳号なのです」と出田が引き取って答えた。「佐原君も時時その句会に来るのです」

「へえ、君は俳句を作り出したのか」

「役所の者が中心になって、それに外からも集まって句会をするのです」

「何の流派だね。ホトトギスか自由律か、それとも、べんがら派か」

「そんな月並なのではありません。僕達のは正統の月並流です」

「それでは老鼠堂永機の流れを汲むのか」

「そんな所です」と出田は曖昧に云った。

「今どき月並俳句に志すとは殊勝にして奇特な心掛けだ。一つ二つ君の作ったのを披講して見たまえ」

「今年は丑歳《うし》でしょう。それで兼題の丑の春に、一《ひ》と還《かえ》り又一と還り丑の春、と云うのはどうです」

「それから」

「奇策なしただ悠然と丑の春」

「何しろ変な工合だね。僕等の様に、君の所謂《いわゆる》月並な月並に馴れている者には、そう云う本格の月並となると丸で俳句の様な気がしない」

「まあいいや、今に斬新溌剌たる月並俳句を作って一粲《いっさん》を博する事にしますから」

「おい羅迷宗匠、俳談義はいい加減にして、麦酒を飲もうよ」と疎影堂が云った。

「そうだ。そうしよう。あっ、それから、佐原君知ってるかい。明後日いつもの所で句会があるよ」

佐原はポケットから手帳を出して、見入っている。

「駄目なんです。明後日は演舞場へ招待されてるんで」

「芝居かい」

「芝居見物は名目で、そうは云わないんですけれど、見合いだろうと思うんです」

「だれの見合いなの」

「僕です」

「何だ。サラマンダアは全く忙しいね」

「そうだろうと思うんですけれど、だまって、はいはいと云って、行って見ようと思うのです」

「勝手に行きなさい」と疎影堂が云った。

「サラマンダアの見合いなんか、月並な月並だよ」と蒙西が云った。

「ヴィル　カイネル　トリンケン（誰も飲まんのか）、カイネル　ラッヘン（誰も笑

わんのか)、さあ、さあ、更《あら》めてプロウジットだ」と出田羅迷がコップを取ったら、佐原が、

「僕の見合いを祝って下さるのですか」と云った。

「そうじゃないよ、馬鹿。僕達のプロウジットは無目的のビール・プウル・ビールだ」

「何ですか。ああラアル・プウル・ラアルか。それでもいいから、僕も戴きたいな」

「コップを持って来て上げましょう」とお神さんが起ったら、「いえ、僕が取って来ます」と云って一緒にお勝手へ行った。

みんなのコップを充たした所へ佐原も戻って来た。五沙弥入道が落ちつき払って、蒙西の注いだコップを取り上げると、みんなそれに倣って杯を挙げてアンシュトウセンした。

佐原が半分許《ばか》り飲み残した外は、どのコップも皆空っぽになっている。そこへ又新らしく注ぎながら、出田が云った。

「先生、ファウストの蚤の唄か鼠の唄かを歌いましょうよ」

「蚤の唄は歌いにくいよ。鼠にしよう」と蒙西が云った。

「いいね、鼠、鼠」と疎影堂が賛成した。

「鼠の唄と云ったら、アビシニアがおれの膝から降りて行ったぜ。そら、あんなに耳

をぴんと立てて、現金な猫だね」と出田君が吾輩の尻尾を引っ張りながら云った。

「おれ達の歌に合わして、猫じゃ猫じゃを踊るつもりなんだろう」

「そんなら、おい蒙西」と疎影堂が云った。「頭から、かん袋をかぶせて、煙草の煙を吹っ掛けてやろうか」

出田君が吾輩の尻尾をはなして云った。「よせやい。いいかい。鼠の唄だよ。そうだ。先生歌って下さい。僕達みんなでコオラスをやりますから」

「賛成、賛成」とみんなが云った。

「それじゃ歌ってやろう」と五沙弥入道が云って更めて麦酒を飲み干した。

「エス　ヴァアル　アイネ　ラットイム　ケレルネスト
レエプテ　ヌル　フォン　フェット　ウント　ブッテル」

Es war eine Ratt' im Kellernest,
Lebte nur von Fett und Butter,
Hatte sich ein Raenzlein angemaest't,
Als wie der Doktor Luther.
Die Koechin hatt' ihr Gift gestellt;
Da ward's so eng ihr in der Welt,

Als haette sie Lieb im Leibe.

鼠が巣喰った、窖《あなぐら》に。
喰べるは脂やばたばかり、
背嚢《レンツェル》でっぷり肥ったり、
ルター先生見たように。
厨女《くりやめ》そいつに毒飼うた。
世界が鼠に狭《せも》なった。
こころに恋があるように。

（阿部次郎氏訳）

五沙弥入道が一番仕舞の所の「アルス　ヘッテ　ジイ　リイプ　イム　ラアイベ」で胴間声を振り上げると、老学生達にサラマンダアも加わって、手拍子を取りながら、「アルス　ヘッテ　ジイ　リイプ　イム　ラアイベ」と合唱した。

五沙弥入道は更に次の節に移り、又仕舞の切りで「アルス　ヘッテス　リイプ　イム　ラアイベ」と歌うと、みんながそれに合唱し、到頭三節を歌い終って最後の「アルス　ヘッテ　ジイ　リイプ　イム　ラアイベ」まで来たらみんなが興奮して、一層大きな声を振り立てた。そうして手拍子を打ちながら、同じ事を何遍でも歌って、いつ迄たっても止めない。

お勝手から小さなお神さんが出て来た。

「ちょいと、もういい加減におよしなさいよ。いつ迄も、かんかんのう見たいな歌を歌ってさ」

やっと歌を切って出田が云った。

「かんかんのうとは、却って恐縮だね」

「おれは、かんかんのうを知ってるぜ」と疎影堂が乗り出した。「先生、踊って見ましょうか」

「踊らなくてもいい。君の様な図体で踊ったら根太が抜ける」

「僕は静かに軽く踊って、かんかんのうを舞い納めよう」

「いらないよ。一体、かんかんのうは死んだ者が踊るのじゃないかい」

「そんな事があるもんですか。かんかんのうのもとは、渡来の九連環でさあ。長屋のらくだが死んだから、大家さんの台所へかついで行って、かんかんのうを踊らせようと云うのは落語の話で、あの駱駝《らくだ》は芝居でもやりましたね。菊五郎か吉右衛門ではなかったかな。僕は芝居は見なかったけれど、かんかんのうの踊は知っている。何、生きてたって結構踊れまさあ。一つやって見ましょうか」

「まあいい」

「それじゃ、歌だけ」

「一寸待て。歌だけと云ったら、思い出した事がある。その話をするよ」

「何ですか」

「秩父ノ宮様が洋行せられたんだ。大分前の話だよ。あちらで健康をそこねられて、亜米利加を通ってお帰りになった。晩香坡《バンクーバアー》から郵船の船に乗って、あの航路には氷川丸、日枝丸、平安丸と云うみんな頭にHのつく船が三ばいあったが、その中のどれかなんだ」

疎影堂がじれったがった。

「先生、何の話なんです」

「まあいいから聞きたまえ。船の出るのが夕方で丁度船の晩餐の時間なのだ。殿下は御不例であるから、船の中で十分御休養を取られる様に、又うんと御馳走を差上げようと、船の者一同一生懸命だったそうだ。船が動き出してから、食堂ではもう殿下の御食事が始まっている。その儘船が走って行くと、じきに湾内を出てしまう。外は北太平洋の大浪が打ってるから御食事中に船がぐらぐらして、御気分が悪くなられるかも知れない。何しろ最初の食卓の御印象が悪いと、これから先の長い航海中、御馳走を召し上がって戴く邪魔になるかも知れない。そうなると栄養、滋養分の摂取《せっしゅ》が思う様に行かない。船長以下みんなでそんな事を心配して、それなら船を停めてしまえばいいのだが、そんな事をすれば、殿下の事だからすぐお気附きになって、どうしたのだと云われるに違いない。殿下の食卓がぐらつかない様に船を停めましたなどと云われたものではないだろう」

「いいですよ。停めたって」

「それでだね。構わずに汽罐《きかん》を焚いて、だから船体にはどくんどくんとする震動が伝わって来るのだが、肝心のスクルウへ行く所のどこかを外しておいて、船はちっとも動いてやしない。殿下は御自分の船が波を切って進んでいるものと思いながら、穏やかな食卓で船中最初の晩餐を召し上がったと云うのだ」

「どうもこの頃の先生は、何か話し出すと仕舞まで持って行かなければ承知しない。話が長くて閉口だ。あれだけ歳を取ったのだね。まあ済んでよかった」

「だまって聞いていなさい。まだ済まないよ。忠誠の致すところとは云え、船中一体となり機械の力を借りて殿下をだまし奉ったのだ」

「だましたって、いいですよ。この頃の事だ」

「この頃の事でない時分の話だよ。無事に航海を終って、船が横浜に著く前に、殿下から御下賜があると云う事になった。お附きの者が計らうと申し上げたけれど、殿下が自分でやると仰しゃるのだそうだ。式場が出来て、殿下がお盆の上に金一封の包を載せたのを持って起たれる」

「これから一人ずつ御前に出て行くんじゃ、やり切れないな」

「金一封にどの位這入っていたか知らないが、金千匹と云うのはいくらか、知ってるかい」

「知りませんね」

「二円五十銭だよ。五千匹となったら大した物だが、しかし十二円五十銭だ」

「それっぱかし、どうするのです」

「御下賜などには、そう云う云い方をするのだよ。それで船長以下正装して恭しく頂戴した」

「済みましたか」

「船長の次に機関長、事務長、たしか事務長の番の時だ。あんまり恐縮して、頭を低く下げた儘、両手を差し上げて、殿下の差し出されるお盆の縁を引っ張ったのだ。殿下が離されないものだから、事務長はますます恐縮して、力一杯にぐいぐい引っ張ると、殿下も困ってしまってお盆を離してやってしまっては後の式が続けられないだろう。だから殿下の方でも一生懸命にお盆を引っ張りながら、事務長の頭の上で、小さな声で、上だけ、上だけと云うのだそうだ」

「そりゃどう云う意味です」

「お盆の上に載っている金一封だけ取ってくれと云われるのだ」

「それでどうしました」

「それからどうしたかは知らないが、僕の話はそれでお仕舞だ」

「おかしいなあ」

「済んだからいいだろう」

「いいですけれど」

「僕も今考えているんだ。なぜ秩父ノ宮様の話なんかしたか知ら」

「老先生つう者は始末が悪いよ。けんげん、こおり。けんげん、こおり。五沙五沙の御祈禱《ごきとう》だ」

「あっ、解ったよ、疎影堂。看看能《かんかんのう》の続きだ。君が歌だけ、と云ったから、その語呂に合わせて、上だけ、の話をしてやったんじゃないか」

疎影堂が妙な声を出した。

「かんかんのう
きゅうれんす
きゅうはきゅうれんす
きゅうはきゅうれんれん」

「もういいわよ、疎影堂さん」とお神さんが遮った。「皆さん、えらい紳士の癖して」

「かんかんのうは気持が悪い歌だ」と五沙弥入道が云った。

「あれ奥さん」蒙西がそこいらの空き罎《びん》を見廻して云った。「もう麦酒がありませんよ。サラマンダア、お勝手へ行って貰って来い」

「お勝手にも、もうありませんよ。随分召し上がったんですもの」

「おい、おい、もう無いんだとさ」

「飲んだからだろう」と五沙弥入道が落ちついて云った。

「へえ」

「飲むと無くなると云うのが、お酒や麦酒の一番の欠点だ。この点を改良しなければいかん」

「改良したって、今の間に合わないし、弱ったねえ、おい」

「お酒でいい事にしよう」と疎影堂も物足りない顔をして云った。

「お酒は今日は初めからありませんよ。皆さん麦酒だと仰しゃるから」

五沙弥も口を出した。

「寒山詩があるだろう」

「あれなら、あるわ」

「寒山詩は暖めない方がいい。その儘持ってお出で」

「寒山詩って、どんなお酒です」と出田が真面目な顔をして聞いた。

た。

「なあんだ」

お神さんの持って来た冷酒を、今度は脚のついた葡萄酒のコップに注いで飲み出した。

玄関で、がたがたと音がした。

「あれ、今頃だれか知ら」と云いながらお神さんが起って行った。

「そら来た来た。高利貸の兼子だろ」と蒙西が云った。

「事を知らぬ蒙西だ。高利貸は早朝に来るものだよ」と五沙弥入道が教えた。

お神さんが玄関から云った。「疎影堂さん、おじいちゃまのお迎えですとさ。ただすちゃんが来てますよ」

「いけね。家《うち》が近いと損する」疎影堂はつるりと頭を撫でた。「でも孫は気にかかる」

玄関で、「おじいちゃまがいないって、寝ないんですもの」と云う声が聞こえた。

疎影堂が起って行ったかと思うと、もう玄関で孫をあやす声がした。「でんすんばすらに、ちぢめがとまる。そうだったねえ、ただッちゃん」

蒙西が寒山詩の杯を持って起ち上がり、絞り出す様な声で歌い出した。

「オウ アルテ ブルシェンヘルリヒカイト（あの少年の春は）

ヴォウヒン ビスト ヅウ ゲシュヴンデン（どこへ消えて行ったか）」

吾輩は、さっき出田羅迷君が引っ張った尻尾の先が変にだるい。

第四

五沙弥入道が例の通り茶の間の柱の前に端坐し、前に据えた餉台《ちゃぶだい》を隔てて蘭哉青年と話し込んでいる。蘭哉君は馬面《ばめん》のマリア鰐果《わにはか》夫人に、永年《ながねん》の間をおいて忘れた頃にひょっこり出来た末っ子なのだが、大分前から家出をしてちっとも自分の家へ寄りつかない。共産党だと云う事を吾輩は五沙弥入道と客との話から聞いた事がある。

茶の間の障子に、西へ廻った春の日ざしが一ぱいに当たっている。かんかん照りつけると云っては秋の日の様で適切でないと云う事が、猫と雖《いえど》も劫《こう》を経《へ》た吾輩には解る。しかし寒月君の甘干し以来日向《ひなた》を見るとそう云いたくてむずむずする。

餉台の上には、鉢に盛り上げた饅頭が置いてある。まだ二人とも手を出さない。作久さんが岡山へ帰ってから送って来た名物の大手饅頭なのだが、饅頭の皮が乾いて引っ釣って、皺《しわ》になった所に黴《かび》が一ぱい生えている。

「なぜ食わない」と五沙弥入道が云った。

「戴きます」

蘭哉君はそう云って手を出すのかと思ったら、その手でさっきから膝に乗っている吾輩の脊筋を、頸根から尻尾にかけてゆっくり撫で下ろした。共産党の膝は温かくて乗り心地がいいが、蘭哉君の手は、小さな工場で半分職工の様な事をしていると云う程あって、節くれ立って、ごつごつしている。

五沙弥入道は嵩《かさ》にかかった様な、その癖、調子を合わせてやる様な、曖昧な態度で相手になっている。

「それでどうしたのだ」

「正直な話、僕の胸にある、唯一の胸にある塊りは、苦悩と云うものでしかありません。それを解決する為にも活動が必要だと思って居りますが」

「それが到頭コミュニストになったと云う訳か。しかし君はもともと党員だったのじゃないか」

「いえ、それが本物ではなかったのです。自分でそう思っとりますが、赤い垣根のまわり、うろうろと云う小市民的インテリだったのです」

「それがどう云うわけで、そう云う事になるかね」

「文学青年で、労働者で、自殺出来ないからです」

「自殺なんか、しなくてもいい。それが、この頃云うニヒリズムなのか」

「ニヒリズムの裏返しと云う事になりましょうか」

「そんな事を云い出すと、僕にはわけが解らない」

「自分ながら、矢っ張り本物ではないと云う気がするのです。僕は主として文学から、と申しましてもイデオロギイのない文学は近代の文学ではありませんでしょう。それを追究した苦しまぎれの結果なのです」

　五沙弥入道は黙って饅頭の皺の所を見詰めている。聴いているのか、外の事を考えているのか解らない。

「僕はこう思うのです。コミュニズムは単なる論理的可能性だ。しかし社会主義は兎も角歴史的に現実的可能性のある事ですから、その実現が今日の問題だ。これを解決してから先の事はどうだか解りませんが、無論コミュニズムは一つの力として理論的に役立つのですが、以上の事を切り離して文学は考えられない、とこう思うのです」

「君は自分の考える事に筋道が立っているのか知らないが、聞いては上げるけれど、丸でわからんよ」

「はあ。しかしプロレタリア文学と云う事に就いては、僕は相当懐疑的です。その点僕はこう思っているのですが、ともすればルポルタアジュか単なる自然主義文学になりやすいプロレタリア文学を、遺産の継承《けいしょう》と云う現在の課題に従って、所謂《いわゆる》ブルジョア文学等からいい所を取り入れて、もっと芸術化すると云うのです。文章とか文体とか形式とかの点ですね」

「よかろう。そうしたまえ」

「はあ。兎《と》も角《かく》僕は更めてこう思っています。ニヒリスチックなコミュニストなんて正しくないんだ。この点を清算しなきゃ駄目なんだと。それはよく解っているのです」

「そうかね」

「戴きます」と云って饅頭を一つ手に取った。

「もう済んだか」

「はあ済みました」

徽の生えた饅頭を指先に摘まんで、にこにこしている。

「くたびれるね」

「申し訳ありません」

「時時出かけて来て、そう云う事を聞かせなければ、気がすまんのだね」

「はあ」

「癇が亢《たかぶ》るのかな」

思い切った様に饅頭を口に入れてから、蘭哉が云った。

「うまそうではないと思ったのですが、食べて見ると食べられますね。凡そこんなものなのですね」

「大手饅頭だもの」

「かびてる所が名物なのですか」

「僕が昔高等学校の生徒だった時、田舎で友達と二人氷屋へ這入《はい》って、氷ぜんざいを食べようと思ったのだ。食べかけて、あんこを口に入れると、変な味がして、腐ってる様だから、そう云ったところが、おばさんが出て来て、そんな筈はない、一昨日煮たばかりで、まだ三日も経っておらんと云ったから吃驚《びっくり》したね。それなり表へ出て、友達と二人でひどい店だなあと云いながら帰って来た。この頃の暑さに三日も前のあんこを食べさせるなんて、衛生を知らない無教育な者には叶わないと呆れたものだが、後で解って見ると、笑う貴様がおかしいぞと云うわけなんだ。いくら暑い土用のさなかでも、あんこが五日や一週間で腐るものではない」

「そうか知ら」

「若い時の事だから、そう云う事を知らなかったのだ」

「おかしいなあ。若い時の事だからと云われますけれど、その店の氷ぜんざいは腐っていたんじゃないのですか」

「解らないねえ、君は。あんこが三日や五日で腐るものではないんだよ」

「はあ」

「なぜ腐らないかと云うと、初めに造る時うんと焚き込むのだ。大手饅頭は幾日も幾日も火を絶やさずに、あんこを煮ると云う話だ」

「それがこの饅頭ですか。道理で腐ってはいない」

「しかし、何だか黴が生えている様ですね。皮の所が黴臭い」

「黴は布巾《ふきん》を煮え湯で絞ったので拭いて取ればいいんだよ。それもこないだ綺麗に拭いたのだ」

蘭哉は二つ目を指先に摘まんで、明るい方へ翳《かざ》している。

「ここん所へこんなに生えています」

「又後から生えたのだろう」

「この黴は二度目なのですか」

「もう余っ程日が経つからね」

「はあ」

「大丈夫だよ」

「中身は大丈夫らしいけれど、余りうまいと云う事もありませんね」

「日が経ってるからね」

しょう事なしに手に持っている饅頭を食べてから、蘭哉が聞き返した。

「氷ぜんざいのあんこは腐っていたのでしょう」

「腐っていたから、驚いて飛び出したのだ」

「それならいいのです」

「腐るものか」

「ふん」

五沙弥入道は憮然《ぶぜん》とした様子である。

裏で洗濯をしていたお神さんが出て来て、お茶を入れ代えた。

「蘭哉さん、そのお饅頭、召し上がれて」

「戴きました」

「若い人はえらいわね」

「そうでもありません」

「お人が見えると、出せ出せと云うのですよ。自分では滅多に食べない癖に」

「わしは間食はしない」

「あんな事云ってるわ」

「君は家《うち》へはちっとも帰らないのか」

「そうでもありません。たまには寄って行きます」

「それがいい。余りお母さんに心配させるものではない。お年寄りは気が立って、こないだなど、ひどい目に叱られたぜ」

「おふくろが、どうか致しましたか」

「教会の帰りに寄って下すったのさ。それはいいけれど、僕が飲酒の悪癖をやめないと云うので、散散のお小言だった」

「おふくろのファナチックなピュウリタニズムには閉口です」と云いかけて、蘭哉はふっと口を噤《つぐ》む様な気配であったが、すぐにけろりとして、こんな事を云い出した。

「ファナチシズムだの、おふくろだの、そんな事は兎に角としまして、僕は人間に対する恐怖と申しますか、そう云っては少し神経質過ぎるかも知れませんが、永遠と云うものと対立する人生の限界、これを恐怖するスケプチシズムを持っているのです。大体人生と云うものは、所謂もの心ついてからの精神生活の事を云うのだと思います。もの心ついてからの僕は家庭にあっても孤独で、その後の放浪生活を繰り返している間、僕の胸の隅では、冷たい風がどこから洩れるのか、いつでも吹いていました。無論今でも吹いています。こんな事を云うのは誠にコミュニストらしくない言葉です。しかし僕がコミュニストだと晴れて大言したいのは、結局すべての人間の不幸は、プロレタリア階級とかを造り出した社会に、その根があると痛感するからです。恐怖する人間を造り出すのも同じ事だと思います」

蘭哉は、惘然《もうぜん》としている五沙弥入道の顔を見直す様にして続けた。

「こう云う僕のスケプチカルな問題は、恐らく永遠に未解決でしょう。ただこの問題に対する恐怖と云う感じだけは解決の可能性があると信じます。唯物論、当然コミュニズムを最高の論理として、社会のメカニズムを改造する事によって」

「解った。解った」

「はあ」

「もう一つ饅頭を食いたまえ」

「はい」

きおい立っていたかと思うと、すなおに饅頭を取って、三つ目を食べた。

「蘭哉さんは大変ねえ、いつも」とお神さんが感心した様な事を云った。

「いやあ」と云って、蘭哉は頭を搔いた。

吾輩はお神さんがその儘そこに落ちつくものと思ったから、暫らくお邪魔をした蘭哉君の膝を下りて、お神さんの方へ移ろうと思ったら、畳へ足を下ろした所で、玄関の開く音がした。

起って行ったお神さんが馴れ馴れしい調子で挨拶していると思うと、例の通り、地獄から火を取りに来た様な顔をして風船画伯が上がって来た。蘭哉とは顔見知りの様である。五沙弥入道に挨拶してから、

「よく入らっしゃいました」と自分が後から来た癖に、蘭哉に愛想を云った。

「やあ、暫らくでした」

「随分お目に掛かりませんね」

「しかし僕はついこないだの晩、風船先生をお見掛けしました」

「へえ、どこで」

「そら、そこの駅の前の交番の横で、道ばたにしゃがんでいらしたでしょう」

「ああ、あの晩ですか。あすこでお月見をして居りました。春月ですけれどね」

「月見だったのですか」

「歩いて居りましたらね、あんまりお月様が綺麗なので、見ながら歩いていると、お月様が何か私に云って居られる様な気がしましてね」

「風船先生は詩人なのですね」

「いえ、そうではないので。だから歩きながら眺めていると足許があぶないから、歩くのをやめて、道ばたにしゃがみました」

「お月様が出ていなくても、足許があぶなかったのではないかな」と五沙弥入道が口を出した。

「それも御座いますよ、先生さん」風船画伯はお婆さんが笑う様な顔で、にやにやしている。「ついあの先で一杯やりましてね。ふらふらして出たら、お月様が外で待っていました」

「お月様は無実《むじつ》だな」

「初めは普通にしゃがんで居りましたけれど、面倒臭くなって、下駄を脱いで、歩道の端に腰を掛けました」

「下駄を脱いでどうするのです」

「そう云う時に、下駄を穿いていては感じが出ませんのでね。だから脱いだ下駄を車道の方へ投げ出しておいてお月様を見て居りました」

「投げ出した下駄にも月が射していたでしょう」

「そうなので御座いましょうね、見えとりましたから。しかし先生さん、私はもともと下駄と云う物は好きません」

「靴がいいのですか」

「いいえ、裸足《はだし》で結構で御座います」

「いやだよ、風船さん、裸足で人の家《うち》へ上がって来ては」

「はい。今日《こんにち》は下駄を突っ掛けてまいりました」

「そう云えば、風船さんの足はいつでもきたないねえ」と云って、五沙弥入道がお神さんを顧《かえりみ》た。

「相済みません。いやな時は下駄を手に持って歩く事も御座いますのでね」

「おいおい、駄目だよ、矢っ張りおんなじではないか」五沙弥入道がお神さんを小突く様に云った。

「上がり口へ雑巾を出しときなさい」

「雑巾ぐらいでは駄目ね」

「どうなさるので御座いますか」

「どうもしやしませんよ」

「しかし、そんな所にいつ迄も、道ばたに腰を下ろしていたら、巡査が何か云いませんか」と蘭哉が話をもとへ戻した。

「お巡りさんは気にしていた様ですよ。交番の中から二三度出て来ました。この頃のお巡りさんは丁寧で、気持が悪いですね」

「そうですかねえ、僕なんざ、あれでもまだ威張ってると思いますけれど」

「蘭哉さんは余っ程気位《きぐらい》が高いのですね。それでお巡りさんが来ましてね、何をして居られますかと云うから、お月様を見ていると申しますと、妙な所でお月見ですねと云うのです。ここが丁度いいのだと云いましたら、さようですかと云って交番へ帰って行きました」

「もう帰れとは云わないのですか」

「そんな事は申しません。それからまだ二度ぐらいやって来ました。いつも同じ事を云って交番へ這入ります。先方も余っ程退屈しているのでしょう」

「風船画伯が交番の傍に鎮座しては、向うも気になるだろう」

「所所に白い千切れ雲が浮いて居りましてね。それがお月様の表に流れると、雲の端の所が、今まで白かったのが薄紫に見えたり、青くなったりしました。それからお月様をもっと隠すと雲がそんなに厚くないと見えましてね、雲の中にお月様の明かりがあるものだから、その雲の塊りが綺麗で、うまそうで、大きな葬式饅頭の様に見えました」

「饅頭だとさ」

五沙弥入道が、黴の生えた大手饅頭とお神さんの顔を見くらべた。

「葬式饅頭を三つも四つも見ましてね、その内にお尻が冷たくなって来ましたから、起ち上がって帰りました」

「下駄を忘れてはいけない」

「下駄もちゃんと拾って来て穿きまして、それから交番へ挨拶して帰りました」

「何て」

「もう帰りますとだけ申しました。蘭哉さんはその晩あの辺を通られたんでしょう」

「通りかかってお見受けしたのですが、ただしゃがんで居られたと思ったのですけれど、月見のお話は随分反動的です。巡査の態度も反動的です」

「六ずかしいお話で、よく解りませんが、それはどう云う事なのでしょう」

「風船さん、蘭哉は共産党だよ」

「共産党さんは何をなさいますか」

「風船さんの様な金持を敵にして、風船さんの様な反動分子と戦うのだ」

「ははあ。そうですか。蘭哉さんはえらいのですね」

「いやだな。えらくはありません。それに、僕今のところ党員ではないのです」

「なぜだい。そんな事は云わなかったじゃないか」

「会費が払えなかったものですから」

「それで党員でないと云う所を見ると、除名されたのかい。会費未納の廉《かど》に依り」

「共産党も金詮義《かねせんぎ》で御座いますか」

「違います。除名されたのではありません。除籍です」

「違うのかい」

「除名は裏切りでなければ、そんな事は致しません。会費が納まらないと、割り当てになっているから、負担の上で混乱を生ずるのです。だから滞納するとその期間除籍されます」

「会費不払同盟と云うストライキなんかやって、技を磨いたらどうだ。そう云う訓練を施す事はしないのか」

「そんなストはありません」

「成る程、共産党さんは、そうだ、ストライキですね、解りました」

「風船先生、早呑込みをされては困ります」

「しかしだね、世間の反動分子等は、ストライキと云うと目の敵の様に考えるようだが、僕はその実益を最近に経験した」

五沙弥入道が物物しく話し続ける。

「電力の使用制限でメートルの数字が或る限度を超えると、そこから先は非常に高い罰金だか、特別使用料だか知らないが、兎に角大変な負担になる。しかし割り当ての制限内ではどうしても済まないから、高い料金を取られるのを覚悟の上で、制限外まで使う事になるのだが、野放図《のほうず》に使うわけには行かないだろう。寒くなってからは月月の使用量を適当に調節していたのだが、そこへ更に季節が渇水期になったからと云うので、何月以降は従来の割り当てを半分とか三分の一とかに減らすと云うのだから、気を遣ったね。割り当てを減らされても要るだけは要るとすれば、超過料金が大変な事になって、或《あるい》は払えなくなるかも知れない。それで出来ない倹約までして、何とか超過料金が従前の額から余り多くならない様にと心掛けた」

「先生さん、何のお話か存じませんけれど、余り面白くない様で御座います」

「いや、そうではない。そうして覚悟して集金人を待っていたら、やって来て、実に意外な、吃驚する程少ししかお金を持って行かないのだ。安いに越した事はないが、あんまり変だから、どう云うわけでそんなに安いかと尋ねたところが、実はストライキがあって、新らしい割り当て制限に計算をしなおす事をしなかった。仕方がないから従前の基準で請求書を作ったので、安くなっているのでしょうと云う話なのだ。よろこんだねえ、ストライキにそう云う効用があるとは知らなかった。浮いたお金は何百円と云う額だ」

「蘭哉さん、面白くなりましたねえ。先生さん、そのお金をどうなさいました」

「そのお金を持って行って、お香を買って来た」

「お香で御座いますか」

「練香と片香を買って来た」

「少し、しっくり致しませんね。惜しい事を致しました」

「そんな事はない、風船さん。ストライキはいい匂いがする」

「ストのかおりと申しますと、どう云う聯想になりましょうか。その片香と云うのは何で御座います」

「片香は印香とも云うらしい。その店の棚には印香と書いてあった。小さな薄べったいお香の切れで、昔の千金丹を細かく割った様なものだ」

「千金丹とはあんまり古いお話で、蘭哉さんなぞ名前も御存じないでしょう」

「先生方の云われる事は世界観と何の関聯もないです」

「黙って聞いていたまえ、後学の為だ。練香は火鉢の埋火《うずみび》がないと使えないが、片香はお皿で焚ける。一番簡単なのは線香だが、どうも抹香臭くていかんね。どんないい線香でも矢っ張りあのにおいは附き纏う様だ。それから、その抹香臭いと云う抹香もある」

「先生さんは時時抹香をお焚きになりますか」

「抹香は焚きませんよ。風船さんは変な事を云う」

「閻魔《えんま》様が抹香嘗めた様だと申しますね。先生さん見たいだと思う事もありまして、私なぞは馴れて居りますけれど」

「そんな事はないだろう」

「人様はどの様に申しますか。ねえ、蘭哉さん」

「僕の様なコスモポリタンのアナーキストには解りません」

「又六ずかしい事を仰しゃいましたね」

「アナーキストのコミュニストでは変なのではないか」

「そうなのです。ついそう云ってしまいました」

「何でも景気のいい事を、口から出まかせなのだね」

蘭哉はそう云われて、にこにこ笑っている。

「風船さん、僕は線香で悪い事をしたと思った事がある。もう大分前の話だが、郵船の新田丸が進水の後で披露航海をした時、僕も乗せて貰って、新造船の船室に一人で納まっていると何とも云われない豪奢な気持だ。そこで僕は線香を焚いた」

「先生さんは船に乗る時、線香を持ってお乗りになるのですか」

「それは前から楽しみにして、船の中はきっといい気持だろうと思ったから、特別に上等の線香を持って行ったのだ。そう云う時は練香や片香よりも、線香が一番簡便だからさ」

「しかし、どうも少し似合いませんね。そうでも御座いませんか」

「似合うとか、似合わないとか、そんな事は考えなかった。乗って見たら果していい気持だから線香を焚いたのだが、矢っ張りいけなかった様だね」

五沙弥入道は風船と蘭哉の顔を見た。

「二人共それ見ろと云う様な顔をする程の事ではない。船中にて香を焚くと云うのは、一つの場所錯誤だった様だ。風船さんの云う似合わないと云った様な事になるかも知れない。それに焚いたのが線香だったから、随分上等の逸品だったのだが、矢っ張り例の抹香臭いところがあって、事務長以下、船の連中は困った事だと思っていたらしい。後でこちらで、そう思ったのでその時はだれも何とも云わないから、気が向いた時は構わずに焚いた。船室のドアを閉めておいても、出這入りに外へ匂いが流れるだろう。僕の船室の前の廊下には線香のかおりが漂っていたと思わなければならない」

「告別式の様で御座いますね」

「そうなんだよ、風船さん。船が名古屋港に這入った時船内の観覧に大勢やって来て、ぞろぞろ廊下を通るから、うるさいからドアを閉めて線香を焚いていたら、おやっと大きな声で云って、すぐに前を通り過ぎたから、はっきり聞き取れたわけではないが、お葬式だろと云った様なんだ。これはいかんと思ったね」

「先生さんがですか」

「そうですよ。新造船に縁起でもない」

「いけませんでしたか」

「いかんですね。一体そう云うきざな事をする癖があるんだ。お香が焚きたければ家で焚いていればいいので、そんな所へ持ち込むと云うのはどうかと思う」

「いかさま」

五沙弥入道が詰まった様な顔をした。「風船さんは変な相槌《あいづち》を持ち出した」

「大きにとも申しますね、西の方では」

「実はまだあるんだ。汽車の中へお香を持ち込んで、コンパアトで焚いた事がある。相客はいなかったのだが、それでも気を遣ったね」

「進行中の列車の中のお葬《とむら》いと云うのは、新趣向で御座いますね」

「風船さん、さっき云った一例で、お香を葬式に結びつけると云うのはいけないよ。しかしもうよそう。面倒臭くなった」

「お済みになりましたか」

「そう云われると、まだ気が済まない様だ。今度は蚊《か》遣《や》り線香だよ。実用的な話だから聞いて実益がある。夏暑い時分に遠く迄汽車に乗る時は、いつでも蚊遣り線香を持って行って座席の下で焚くと、蚊が逃げる」

「そんな事は、あんまり人は致しませんね」

「普通の車室は広いから、それで、蚊が落ちると云う事はないが、そこいらにはいなくなる。離れた所へ飛んで行って、僕ではない人をさすからそれでいいんだ」

「エゴイズムでエゴチズムでひどいです」

「蘭哉さんから文句が出るだろうと思いました」

「コミュニズムは論理的には兎も角、現実にはエゴの犠牲を第一番に要求するのでして」

「そんな事はどうでもいい」

「しかし、それが僕としてはつらいのです」

「蘭哉さんは悩んで居られるのですね」

「正しい世界観を持て。これはコミュニズム特有の言葉の一つなのです。ところが、世界観を持つ事は、それは、より以上に我我に苦悩を与えるものでしかありません」

「お気の毒な様ですね」

「つい赤いマントを脱ぎすてようかと云う気になります」

「牧羊神のパンが美少年の肩に手を掛けて居りますね」

「何ですか、パンと云うのは」

「角を生やして、脚は山羊で、そら、半獣神が居りますでしょう」

「神話ですか」

「私もね、自分の仕事の意匠で知っているだけなので、解りませんが、蘭哉さんの肩にパンが手を掛けている様な気がするのです」

「それはどう云う事ですか」

「共産党だか、コミュニズムだか、これをパンに見立てた趣向はいかがです」

「風船さん、蘭哉にそんな事は解らない。僕にも意匠が解らない」

「鰐果《わにはか》蘭哉さんは美少年です」

「風船先生は、いやだなあ」

「帰りに一緒に散歩しましょうか」

「まだ月が出ていませんよ」

さっきから、あっちに行ってたお神さんが顔を出した。

「皆さんどうなさるの」

障子一面に当たっていた日ざしが動いて、部屋の中が薄暗くなりかけた。

「今日はね、奥さん、私、先生さんにお土産を買って参りました」

「まあ、何ですの」

「風船さんがお土産を買って来たとは椿事《ちんじ》だね」

「皮蛋《ぴいたん》で御座います」

「何だろう」

で御座います。家鴨《あひる》だか鵞鳥《がちょう》だかの卵をどぶ泥の中に漬けて、何日もそうして腐らしたのだそうで御座います」

「卵の腐ったのをどうするのです」

「いえ、腐った卵ではありません。卵を腐らしたのです。そうすると白身の所が鼈甲《べっこう》色《いろ》になりまして、そら、広東《カントン》料理だか北京《ペキン》料理だか、そんな時に使うでは御座いませんか」

「ははあ、解った。あれか。あれはうまい」

「その皮蛋を持って参りました。菜単《つあいたん》には洒落《しゃれ》て松花蛋とも書きます」

「風船画伯はいやに通《つう》を振り廻して、そんな物をお土産に買って来たり、第一、高いでしょう」

「高くても構いません。私はお金に不自由いたしませんので、共産党さん、いかがです」

「おかしいなあ、風船さん」

「実はね、先生さん、私、新聞の連載小説の挿絵を頼まれまして、だからお金を沢山くれます」

「へえ、新聞に版画の挿絵を載せるのですか」

「一版画を彫るわけでは御座いません。版画の下絵を渡せばよろしいのです」

「一体、だれがその連載小説を書くのです」

「蛆田《うじた》百減《ひゃくげん》さんです。私は百減先生から頼まれました」

「あまり聞かない名前だな、百減と云うのはえらいのですか」

「水んぶくれの大きな顔をした文士さんで御座いますよ」

「気持が悪いな、聞いただけで」

「お金に不自由いたしませんので、珈琲も買って来まして、毎朝皮蛋を食べます」

「珈琲で皮蛋を食べるの、風船さんは」

「いえ、それは別別の話で、皮蛋は芥子《からし》をつけてお酒の肴《さかな》によかろうと思いましてね、持ってまいりました」

「ははあ、そう云うおつもりか。よかろう」

「それでは奥さん、どうぞこれを」と云って風船画伯は懐《ふところ》からごそごそ紙包みを取り出した。

「今まで懐に入れていらしたのですか。温かくなってやしないかしら」

「温かくなっても、前以って腐らしてあるから大丈夫で御座います」

「風船さんと同じぬくもりになってる皮蛋はどうかと思う」

「何、お皿に出せば、じき冷めます。冷めたところで、芥子をつけて、奥さん芥子は御座いますね、それできゅっと一献戴きまして」

「それじゃお土産を頂戴します。急いでお支度をしなくちゃ。蘭哉さんも御飯を召し上がっていらっしゃい」

「はい、戴きます。お酒のお相伴《しょうばん》もいたします」

「お母様に叱られますわよ」

「いいよ、そんな事を云うと又うるさくなる。ピュウリタンがどうとかして、くたびれてしまう」

「そう云えば成る程、胡瓜《きゅうり》を矢っ張り腐らして、飴色《あめいろ》にした御馳走が御座いますね」

「何だろう」

「それを皮蛋になぞらえて、きゅうりたんとは申しませんか」

「何だ、風船さんは始めない内から、もう御機嫌になっている」

「さあさあ、それじゃ」と云いながら、お神さんが起ち上がった。「先にアビの御飯をこさえましょうね」

吾輩も後からついて行こうとしたら、風船画伯が尻っ尾を引っ張った。「まあいいよ、アビシニアさん。今晩はゆっくり膝に乗せて上げるぜ」

吾輩がお勝手の方に向いた儘、にゃあと鳴いたら尻っ尾を離した。急いでお神さんの後から馳け込んだが、風船画伯の寒巌枯木の膝に乗せて貰うのは、却って恐縮である。おまけに猫の目玉をこすろうかなどと云い出す人だから敬遠しなければならない。その節はまた共産党さんの膝に乗る事にする。

お勝手で聞いていると、五沙弥入道が風船画伯にお饅頭を食えと迫っている。まだ一つも食わないじゃないか。先生さんは召し上がりませんか。僕は食いたくないから食わない。黴が生えている様で御座いますね。日が経っているからだ。腐って居りますか。腐ったものを人に薦めやしない、と云う辺りから、また皮蛋に逆戻りして、話しが縺《もつ》れている様だと思ったら、その内に静かになった。風船画伯が饅頭を食べさされているのだろう。

暫らくすると、五沙弥入道が大きな声で、

「おい、おい」と云った。

お神さんは吾輩の晩餐をつくりかけた手を止めて、襖から顔をのぞけた。

「もういいよ」

「何」

「もうお燗をつけてよろしい」

「まあ」と云ったきり襖を閉めた。

第五

お午《ひる》過ぎから、小さなお神さんが珍らしくよそ行きに著替えて出掛けて行った。五沙弥入道は茶の間の柱の前で、うつらうつらしているらしい。いいお天気で、うららかな日ざしが庭にも障子にも一ぱいに射していたが、その癖何だか薄暗い。霞が濃過ぎる所為《せい》だろうと吾輩は考える。風が無いので何の物音もしない。しんしんとしているのではなくて静まり返り、晴天の儘で段段に猫の額《ひたい》が暗くなって来た様な気配である。

不意に五沙弥入道が、ふらふらと起ち上がった。起ったなりで、ぼんやりしている。すると一寸間《ちょっとま》をおいて玄関の戸が開いた。五沙弥入道が襖を開けて出て行き、「やあ、これは」と曖昧な挨拶をしている。

吾輩も退屈入道相手のお留守番で、所在がない所だから、後からついて玄関に出て見たら、高利貸の兼子金十郎が起っていた。

五沙弥入道は座敷に引返し、座布団を手に持って玄関に出た。上り口に敷いて、さあどうぞと云う会釈をしている。金貸しが訪ねて来た時は、いつでもそこに腰を掛けて用談するのだが、大概やって来るのが早朝なので、朝の遅い五沙弥家では、まだ狭い家の中が片づいていないと云う為でもある。今日はいつもに似ず午下《ひるさ》がりに来たと思うと、兼子はいきなり下駄を脱ぎ、五沙弥入道の敷いた座布団の上を踏《ふ》んで、座敷に上がって来た。

五沙弥入道は引返し、更《あらた》めて座敷に座布団を出して、対坐した。吾輩も座敷に戻り、片隅に坐ったが、何となく顔がむしゃくしゃするので、よく舐めた前脚を上げて、耳越しに顔を拭いた。

「そりゃね、あんたさん、止むを得ん事で御座んすよ、ねえ」と兼子が話し込んだ。

「そりゃそうだ。立ち場は違うけれど、僕もそう思う」

「約束なんで御座んすものね」

「尤《もっと》も、無理にさせられた約束だと云う点もある」

「無理にも、なんにも、約束は約束で御座んす。それをその通りに、履行を迫ったからって。当然じゃ御座んせんか」

「しかし、だれだって、困った挙げ句に行くんだからな」

「だから困った方に御用立てして来ました。それが、あんたさん、恨みを買う種になって本当の逆恨みで御座んすよ」

「兼子さんは気が弱くなった様な事を云うじゃないか。小さな坊やがいたからな」

「あれが、あんたさん大きくなって、おやじの商売にけちをつける様な事を申します」

「そうだろうな。大きくなったと云うとそんな気がする。厩橋《うまやばし》の近くの横町を曲がると、黒塗りの土蔵があって、大川の水明かりが黒い壁に映って動いていた」

「古い話で御座んすよ」

「だからさ、大きくなったろうと云うのでさぁ。土蔵について這入《はい》った路地の奥へ初めて僕が訪ねて行った時、小さなどぶの縁を、よちよち歩いていた」

「あんたさん、新聞の広告を見てお出でなさったんでしょう」

「困ってたからな」

「路地を出て、土蔵の前に唐金《からかね》の天水桶が御座んした。大人《おとな》の脊丈《せたけ》ぐらいもある大きなのが」

「僕もありありと思い出す」

「あの用水溜の縁に、あんたさん、傍の柵を伝って登って行って、坊やがおっこちて死にました」

「それはそれは、そんな事は知らなかった。まだ外に坊やはいたのですか」

「いいえ、たった一人の坊やでした」

「大きくなって、何か云ったと云うのは」

「そんな気がするんで御座んすよ、あんたさん、ひひひ」

五沙弥入道が両手で自分の顔をつるりと撫で下ろして、鬱陶しい目附きをした。

「成る程ねえ」

「いろんな事が、思い浮かびますよ、あんたさん。彭佳嶼《アジンコート》と云う赤い岩の島が御座んした。目のくらむ様な海にお日様が照りつけて」

「それは何処です」

「それから暫らくして、基隆《キールン》の港へ著きました。お天気がいいのに海は大変な荒れ方で、それで基隆に上がったら、雨がざあっと降っとりましたよ、あんたさん」

五沙弥入道は項垂《うなだ》れている。

「まだ思い出しますね。遠くの景色は、あっしの様なもんでも、つろう御座んすよ。田圃《たんぼ》の真中から、小屋ぐらいもある水の塊りが吹き出していたり、若い時の事はいつまで経っても」

「僕もそんな気がする」

「うそで御座んしょう。あんたさんは、もとからそう云う風な方です」

「今でも僕はつらい」

「あんな事を云っとられる、ひひひ」

長い間二人共だまっていた。

「あっしは、おいとましましょう」

兼子が起ち上がり、自分の座布団の上に突っ起ったら、五沙弥入道も起ち上がったと思うと、いきなり二人が摑み合う様な恰好をした。黙ってすうと玄関に出て、行ってしまった。五沙弥入道は自分の起った所で、きりきり舞いをして、それから次の間へ移り、いつも靠《もた》れる柱を見定めて、その前に坐り込んだ。

ぼんやり向うを見て、目を開いたなり、うつらうつらしている。

吾輩も、何かかぶさって来て、面白くない。

大分経って、お勝手口からお神さんが帰った。

その物音で、はっきりして来た。耳をぴんと立てて、足許へ出迎えた。

「只今」と云って五沙弥入道に挨拶しながら、そこいらを見廻した。

「おや、だれか入らして」

「うん」と五沙弥入道が籠もった声をした。「兼子金十郎がやって来た」

「まあ、あの金貸しの」

お神さんは云いかけて、言葉を切った。

「あら。ああいやだ」と違った声で云った。「大分前に死亡通知が来てたじゃありませんか」

「あっ」と云って急に目を見開いた。「そう云えば、そうだ」

五沙弥の頬の皮が引っ釣り、血の気が失せて、頭から水を浴びた様な顔をした。

第六

町内の二晏寺《にあんでら》の境内の藪で猫の協議会があるから出てくれと云って来た。ふれて来たのは杓子坂《しゃくしざか》の小判堂の若猫である。小判堂さんは町内では仕舞屋《しもたや》だが、店が下町にあって代代の鰹節問屋《かつぶしどんや》だそうである。

少少億劫《おっくう》だけれど、小判堂にことわったわけでもないから、出かけなければなるまい。経験がない癖に、気位ばかり高い屋敷町の猫連《ねこれん》にまじって、口熱臭い議論を聞かされるのは、劫《こう》を経《へ》た吾輩如きには全く迷惑であるが、これも町内のつき合いとあれば止むを得ない。

原典では、向う横町の角に二階建の西洋館を聳《そび》やかして威張っている鼻子夫人の金田邸や、新道の二絃琴のお師匠さんの家などを自ら蹈査《とうさ》して記述して置いたが、この贋典になってから、まだ五沙弥家の近隣の模様を紹介する機会がなかった。二晏寺の藪に出かける途中の道順に従って、猫のいる主な家を記す事にする。

概言《がいげん》するに、町内は大厦《たいか》高楼、甍《いらか》を連ねた貴族屋敷である。俗にブルジョアなどと云う程度より、もう一つ上の階級に属すると思われる。五沙弥家はその間に伍《かん》して、よその屋敷の屛の裏に食っついた物置小屋に類するものである。田舎から作久さんが出て来ても、泊める場所に肝を砕いたりする如きは、町内で五沙弥入道の家一軒ばかりである。

町内で祭礼の神輿《みこし》を新らしく造る事になり、寄附金はすぐに集まって、吃驚《びっくり》する様な立派なのが出来上がったが、お祭の当日出かけて行ってそれを舁《かつ》ぐ者がいない。若旦那や若殿が窓の奥で知らん顔をしているばかりだから、止むなく坂下の店屋の多い隣り町から、ふだん出入りの若い衆がやって来て、お義理に神輿を舁いで廻った。

近所の小学校にピアノを据えつけたいと云うので寄附が廻って来た。しかし五沙弥家でその書附を見た時は、已《すで》に必要以上の額が町内の二三軒の筆で済んでいる。こう云う風に計らったから、御承知置き下さいと云うだけの事であった。

秋から冬にかけて、夜が長くなり、外が暗くて物騒な季節には、町内で特別に頼んだ巡査の詰所が出来る。そこに架設する電話も一本買ってある。そう云う費用も、どこかでとっくに済んでいて、五沙弥の所などに取りに来る事はない。

そう云う四隣に囲まれながら、五沙弥は自分は自分と云うえらそうな顔をして、いつも茶の間の柱の前にふくれているのである。町内で五沙弥に構う者もいないから、結句それをいい事にして、吾輩の額《ひたい》ほどもない家の中に、羽目を外したり、取り繕《つくろ》ったりして過ごしているのだが、吾輩は猫として必ずしもそうは行かない。これから藪の中の協議会へ出向く事にする。

猫の通路は屏である。がりがりと登った屏の上から、道を隔てた向うに木造の西洋館を望見する。それが五沙弥の家の真前《まんまえ》である。宮家から別れて、れっきとした貴族であるが、吉原の花魁《おいらん》の様な源氏名《げんじな》の苗字《みょうじ》を名乗って居られる。しかしそれをここに記すのは憚《はばか》る事にする。まだ若い癖に、何となく陰気で上品ぶった猫がいる。塀を伝って行くと、隣は日本銀行の副総裁である。隣りと云っても、間に手入れの届いた植え込みの広大な庭を隔てているから、金融界の権威と五沙弥入道の明け暮れとは風馬牛《ふうばぎゅう》である。この家にはアンゴオラ猫がいて、比隣《ひりん》に異彩を放っている。

その次は鍋島侯爵の一門である。屋敷の広い事は町内で随一かも知れない。伝書鳩を沢山飼っている。吾輩など気にならぬ事もないが、訓練された伝書鳩は途中へ降りると云う事をしないから、徒らに髀肉《ひにく》を歎ずるばかりである。ここには威望自ら備わった老猫がいる。恐らく今日の協議会でも、座長はここの鍋島老が勤めるものと思う。

その向う隣りは音楽学校の校長である。官宅であるが、屋敷は余り広くない。混凝土建《コンクリイトだて》の洋館で、波斯猫《ペルシャねこ》がいる。

官宅の外れが杓子坂《しゃくしざか》であって、坂上に小判堂の本宅がある。道の向う側にも大きな邸宅が並んでいるが、一一叙説するは煩《はん》に堪えない。又猫のいない家を挙げる要もない。大きな門の並んだ半ば辺りに白い練塀《ねりべい》の屋敷がある。長唄の三味線弾きの家元であって、美しい銀猫がいる。

その外にも、まだ猫のいる家はあるが、省略して二晏寺の藪へ急ぐ事にする。或は少し遅れたかも知れない。途途《みちみち》のどこの屏にも、暖かい西日が射している。猫の集会は暗くなってからの方がいいのは勿論であるが、夜はみんな忙しいし、又却って物騒だと云う点も顧慮して、夕方近く明かるい内に開く事になったのである。

屏を伝っている間は気楽であるが、往来を横切る時は八方に気を配る。二晏寺の境内へ這い込むには、幅の広い鋪装道路を渡らなければならない。駆け抜ける時間は僅かながら、向う側に辿《たど》りついて胸がどきどきする思いである。往来の気配を見澄まして駆け抜け、境内に入って、じめじめした土を蹈んで藪に這い込む。

已に大体顔は揃っている様である。みんなばらばらに竹の根元にうずくまって、薄暗い下陰《したかげ》に爛爛《らんらん》と目を光らしている。出席者は雄猫ばかりである。以前は雌の協議員を交じえた事もあったが、季節によっては相談事をそっちのけに雌猫に手を出す雄猫がいたり、それをいい事にじゃれ返して止まりのつかない雌猫もあり、又そうなると黙って見ていられなくて、お互に背中を高くし、毛を逆立てて、いがみ合う焼餅猫も出て、収拾《しゅうしゅう》す可からざる事態に立ち到った事が一再でない。雌雄同権、人間で云えば男女同権で、人間の云い方は矢っ張り男が先になっている。同列ではなさそうだが、しかし人間の言葉では二つの事を同時に云うわけに行かないし、無理に云おうとすれば、舌を嚙むばかりだから、止むを得ないだろう。猫の雌雄同権による協議会は、右の事情に依り、ほとほと持て余していたのだが、最近になって、またたびの塩漬を盗み喰いして来た雄猫が、町内の猫の安否にかかわる大切な相談事のある席上、無暗に興奮して、お寺の横町の路地の奥から這い出して来たきたならしい婆猫にいどみ掛かり、婆猫もいい心持になってじゃれ返している内に、気が入り過ぎて、婆と雖《いえど》も雌なる路地猫の鼻に嚙みついたとか、腰に爪を立てたとかで大騒ぎとなった事がある。ひとの事に、はたの猫がいきり立って納まりがつかず、もとはと云えば雌猫がいたからであって、またたびを喰って来たにしろ独りで興奮している分なら問題はなかったと云う所から、爾後《じご》は協議会に雌猫を入れない事になって今日に及んでいる。

みんなの集まったところを見渡して、鍋島老が口を切った。

「杓子坂《しゃくしざか》の味噌問屋の事だが、倉の中に仕掛けた猫櫓《ねころ》に町内の黒が掛かったのを御存じか」

「猫櫓って何だ」「どこの黒だ」と云う私語が起こった。

「猫櫓と云うのは罠《わな》さ。通り抜けの筒になった細長い箱で、真中にうまそうな餌が置いてある。釣られて喰いに這入ると、下の板を踏んだ途端に前後《まえうしろ》の戸がかたんと落ちて、出られなくなるのだ。大した装置ではない。昔からある簡単な仕掛けなのだが、事を知らない猫が引っ掛かったのだ。八番地の黒はこの頃何となくうろうろしてるからな。家がもとは陸軍の大佐だろう。羽振りのいい時は大きな顔をして、おれ達眼中にない様に振舞っていたが、今では半分泥坊猫だね」

「うん、あれはこの頃しけてる」と云う声がした。

「だから猫櫓に掛かる様な事になった。屋敷町の猫として、見っともない話さ。朝になって、家の人が倉へ行って見ると、猫櫓の戸が落ちているから〆《しめ》たと思った。鼬《いたち》か貂《てん》を捕るつもりだったのだろう。まさか猫を罠に掛けようなどと考えたのではあるまい。猫櫓の戸には、人間が中を覗いて見る為の小さな丸い穴が開けてある。家の人がそこに目を当てて見ると、暗い箱の中で目玉が二つ光っているから、その様子で、余っ程大きな獣だろうと思ったのだね。貂《てん》や鼬《いたち》にしては大き過ぎる様だ。しかし猫だとは思わない。穴から棒を突込んで中を小突き廻すのだそうだ。黒は狭い箱の中で身体を躱《かわ》す事も出来ないから、何度も腹や腰の辺りを突かれて、苦しくて堪らないから、ふうっ、ふうっと声を立てたんだね。それで、これはおかしい。猫の様な声をするじゃないか、と云う事になって、何しろ大勢その廻りに集まっていたものだから、その中の一人が、うっかり猫櫓の戸を持ち上げたんだ。その隙間から黒は飛び出し、丁度真ん前にしゃがんでいた味噌屋のお神さんの顔に飛び掛かって、目の下を引っ掻いて、頭の上を飛び越えて逃げたと云うのだ。その騒ぎで、お神さんが気絶したから、みんなそっちに気を取られている隙に、黒は逃げ帰る事が出来た」

「まるでライネケ狐のヒンツェだ」と吾輩が独り言を云ったら、鍋島老が聞き咎《とが》めた。

「五沙さん、ヒンツェと云うのは何だね」

「そう云う昔噺《むかしばなし》があるんですよ。吾輩は主人が読んでいたので聞き覚えている」

「みんなの心得になる事なら、話してくれないか」

「それは全く我我として覆轍《ふくてつ》の戒《いまし》めとならぬ事もない。それではあらましをお話ししよう。猫のヒンツェが何の考えもなく、ライネケ狐の云うが儘に一緒に出掛けて、ぶらぶら散歩したのだ。

高い屏で囲まれている百姓家《ひやくしようや》の傍を通る時、ライネケは丸でよそ事みたいな口調で、こんな事を云った。

『ここの主人は、一体、人は悪くはないんだけれどね、どう云うつもりか、どこもかしこも閉め切っているので、これには閉口するよ。ついこないだも、この家を訪ねる用事が出来たんだが』

ライネケはそこまで話したけれど、その用事と云うのは、百姓の飼っている雞を盗む仕事であったと云う点は黙っていた。『それだから君、這入って行くには自分で屏に穴をあけて、入口を造らなければならないと云う始末さ。ところが、そうして一足這入ろうとすると、屏の内側は、足の蹈み所もない程、二十日鼠《はつかねずみ》のやつが一杯、うようよしているじゃないか』

『何、二十日鼠だって』とヒンツェは夢中で叫んだ。『その鼠はどこにいるんだ。ねえ、おい』

『鼠なんか、つまらないじゃないか』とライネケは落ちつき払って答えた。『しかし君が見たいと云うなら、この前僕の這い込んだ穴を教えて上げるのは何でもない。そら、ここがその穴だよ』

丁度その穴の内側には、この家の息子のマルチンが、しょっちゅうライネケに雞を盗まれるので腹を立てて、罠を仕掛けている事をライネケはちゃんと承知していたのだが、ヒンツェに向かっては知らん顔をしていた。

それでヒンツェは何の気なしにその穴から這い込んで行ったが、忽ち頸を締められる様な気がして、目が眩《くら》んで、何が何だか解らなくなった。

苦しまぎれに、にゃあにゃあ泣き立てていると、ライネケが穴口から、『二十日鼠はどんな塩梅《あんばい》だい。余っ程お気に召したらしいね。しかし、君は随分いい声をしてるじゃないか。そんなに歌がうまいとは知らなかった。君の歌を聞いていると、本当に僕は崇拝したくなる』と云い捨ててライネケは自分の家へ帰って行った。

ヒンツェは罠に掛かった儘、ぶら下がっているので、一刻一刻と苦しくなって来るから、夢中になってあばれ出した。その騒ぎを聞きつけて、マルチンが目を覚まして起き上がり、窓から覗いて見ると、何だか黒い物が、屛の内側にぶらぶら動いているので、大声《おおごえ》をあげて家の人を起こした。

『お父さん、お母さん、早く早く、狐が捕まったよ』と云うが早いか、自分は棍棒を摑んで飛び出して来た。その後からお父さんが馳け出し、お母さんは提燈をともして、みんなと一緒にやって来た。

みんなが棍棒や熊手を振りかざして、そこの屛の穴の所をぶらぶら跳ね廻っている真黒な物を、ところ構わず殴りつけたので、あわれなヒンツェはその間に片眼を潰されてしまった。ヒンツェはもう死にもの狂いで、気が違った様になってあばれていると、そのはずみで不意に罠の縄が切れたものだから、いきなりお父さんの顔に飛び掛かって、滅茶苦茶に嚙んだり、引っ搔いたりした。あんまりその勢いがひどかったので、お父さんがその場に気絶してしまったから、今度はその方が大騒ぎになって、お父さんを家の中にかつぎ込んで介抱したが、顔や手に大変な傷をしているので、みんなその手当に気を取られて、ヒンツェの事なんか、もうだれも忘れてしまった。その間にヒンツェは屛を乗り越えて逃げた、とまあ、こう云った話なんだ」

あっち、こっちの竹の根もとに、嘆声が起こった。

「成る程」と鍋島老が思慮深く云った。「そっくりだな。古今東西、軌《き》を一《いつ》にする教訓だ。我我もよく心得ておかなければならん」

暫らく辺りがざわめいていたが、その静まるのを待って、鍋島老が更に語を継いだ。

「八番地の黒と云い、今お話しのヒンツェと云い、いずれも食べ物に釣られて招いた悲劇だ。ところが更に恐ろしい事を皆さんのお耳に入れなければならん。已にお聞き及びの猫もいられるかと思うが、この頃急に猫釣りが殖えた」

「猫釣りと申しますと」と長唄師匠の銀猫が聞いた。

「狐を捕る者を狐釣りと云うのだ。猫釣りも同じ事で、つまり猫捕りだ。昼間の内は滅多に来ない、と云うのは、人間の方から云えば泥坊の一つだからな。人目を憚《はばか》って、多くは夕方暗くなった頃にやって来る様だ。その時分には、我我仲間がどうかすると、道傍を歩いている。そこをねらうのだ。またたびなどでおびき寄せる事もあるだろう。しかし、いきなり袋をかぶせて、つかまえるのが普通の様だ。用心しなければならん。人間同士では、飼い猫を盗む、盗まれると云う事に過ぎんので、単なる泥坊事件だが、我我としては、一命にかかわる重大事だ」

「どうしたら、いいのだろう」と副総裁のアンゴオラ猫が房房《ふさふさ》した毛を震わして、不安そうに云った。

「又そのやり方が実に残酷で、猫として口にしたくないが、皆さんの心得の為だから止むを得ない。犬捕りの様に連れて行くのではない。その場でいきなり引き裂いて、くるくると皮を剝《む》いてしまう。赤裸の死骸を道傍に投げ捨て、剝《は》いだ皮を持って行くのだ」

「ああ、いやだ」と長唄師匠の銀猫が云った。

「うっかり垣根も伝われませんね」と宮様の分家の花魁《おいらん》猫が陰気な声で云った。

副総裁はまだ毛の先で震えている。

長唄師匠は竹の根元から一足前に蹈み出して云った。

「漸くの事で世の中が長閑《のどか》になり、琴三味線や謡《うたい》も又昔の様に盛んになりかかった矢先に、何と云う事だろう。人の世の春にそむいて、我我の目の前は真暗だ」

「お師匠さんの云われる通りです」と宮様の分家が相槌を打った。「しかし人間社会が長閑になった様に見えますのも、ほんの上辺《うわべ》ばかりの事では御座いませんでしょうか。古来の優美な日本音楽が復興いたしまするのは結構な事で御座いますけれど、ついせんだって屋敷の大奥様がおひるねを遊ばしていたのですよ。違い棚の上のラヂオが開っ放しになって居りましてね。大奥様が、うとうと遊ばしているところへ、ラヂオで謡が始まったのです。一声二声聞こえて来たと思うと、途端に大奥様は、がばとお起き遊ばして、いきなりお庭へ降りようと遊ばしたところで、お気づきになりました。後で伺ったのですけれど、謡の声を空襲警報かと勘違い遊ばしたのだそうです。それでお庭の防空壕へいらっしゃるおつもりだったそうです。防空壕なぞはもう何年も前にお潰しになって、降りていらしても、今時《いまどき》そんな物は御座いません。ここで御座いますよ、問題は。ねえお師匠さん」

「面白くない話ですね。それでどうしました」

「それで御持病の動悸が起こりまして、その後が心臓の結滞になりまして、幾日もお苦しみ遊ばしました」

「これは我我としても考えなければならぬ点がある」と鍋島老が又思慮深い口調で云った。「節分から彼岸にかけて、我我は家の外で鳴き交わす機会が多い。裏の廂《ひさし》で鳴いてる声を人間が聞き間違えて、消防自動車の警笛だと思ったから、火事はどこだと云う騒ぎになった」

「人間は臆病なものだな」とやっと落ちついた副総裁のアンゴオラが云った。

「いや、一口にそうと計《ばか》りは云われない。人間に取っては、火事もこわいし、空襲もこわかったのだろう。こわい、こわいで間違いを起こし、その為に余計な災厄を招く事がある。我我としても、猫釣りに備えるには、冷静沈著《ちんちゃく》でなければなりませんぞ」と鍋島老が窘《たしな》めた。

「鍋島さん、結局我我はどう云う心組みでいればいいのでしょう」と長唄師匠が聞いた。

「君のとこの長唄の三味線なんか、よせばいいのだよ」

今まで黙っていた校長の波斯猫《ペルシャねこ》が、にがにがしそうに云った。

「妙な事を伺うじゃありませんか。長唄の三味線をよして、どうするのです」

「長唄は結構では御座いませんか。謡などよりも賑やかで、俗でありながら優美で庶民的で、これに笛、鼓、太鼓の囃子《はやし》をおつけ遊ばすと、一層引き立ちまして、全く邦楽の粋《すい》で御座います。およし遊ばす事は御座いません」と宮様の分家が肩を持った。

「そうですよね。いろんな楽器の調子が合って、あの楽《がく》の調《しらべ》の所なんか、何とも云われませんね」と云いながら、長唄の銀猫は頸の附け根で拍子を取る様な変な恰好をし出した。

「意味はないよ」と校長の波斯猫《ペルシャねこ》が更ににがり切った。「原始音楽だよ。野蛮人のお祭り騒ぎだ。いくら楽器を持ち出しても、ハルモニイはない。拍子も殆んど四拍子の千篇一律で、君が得意そうに云う楽《がく》の調子なぞ、丸で桶屋が輪を叩いてる様だ」

「ひどい事を云う。あんたは邦楽を侮辱するのか」

「いや、そんな事はない。音は日本も西洋もおんなじだよ」

「音は日本も西洋もおんなじだよ」

「いや、そんな事はない。音色《ねいろ》と云うものがある。音色に古来の伝統がある。日本固有のこの典雅優麗な味わいが解らなければ、黙っていて貰いたい」

「愚劣、低能、無学、猥雑、君の考えてる事は、猫の蓄膿症だよ」

銀猫が腹を立てて、尻っ尾の先まで、ぶるぶると顫え出した。

「僕はよす」

「何をよすのだ」

「今の家《うち》を出て行く」

「それがいいのだ。猫として、あの家《うち》の粟《ぞく》を食《は》む可きではないのだ」

「違うよ。そんな事ではないんだ。しかし、飼い主の為にいろんな云い掛かりをつけられて、侮辱された。出れば文句はあるまい。その上で徹底的に君と争う。君の邦楽に対する蒙《もう》を啓《ひら》かずにはおかない」

「まあまあ」と鍋島老が取りなした。「そんな議論はいい加減にしよう。人間の音楽なぞどうでもいい。時に、何だって五沙さんは、さっきから、にやにやしていなさる。おかしい事でもありますかい」

「何ね、校長さんが楽の調を、桶屋が輪を叩く様だと云ったもんで、ついおかしくて、いまだに止まらないんでさ」

「どうしてそれがおかしいかね」

「いや、それだけではないので、そら鍋島さん、風が吹くと桶屋が繁昌すると云う話があるでしょう」

「はてね」

「校長さんの云う事が、それに絡《から》まってる様でおかしかったのさ」

「五沙さんはたちが悪いよ。どう云うのです」

「風が吹くと、大風だよ、大風が吹くと往来に砂埃《すなほこり》が立つ。砂埃が人の目に這入って、目やみがふえて、目くらになる。目くらの身過ぎに三味線を習う。三味線の皮にいるから猫を捕る。猫がへった隙に鼠がふえて、お勝手であばれる。おはちや桶をかじって、わるさをするから、桶屋が忙しくなるじゃないか」

「五沙先生は随分飛躍的な論理で片附けられますが、僕なぞはそんな風な運び方はいやです」と急に小判堂の若いのが、いきり立った。「風の埃が人間の目に這入れば、目くらになるとは限らんでしょう。仮りに一歩を譲ってそうだとしても、盲人が三味線を習うとは、だれがきめたのです」

今の今まで、いるかいないかわからない位おとなしかった小判堂が、俄《にわか》に気が立って来たのは、みんなが話し合っている間に藪の中の虫けらでも捕って食べたのかも知れない。

「小判堂君、吾輩が今ここでそうときめるわけではないんだよ。昔からそんな話があると云うに過ぎんのだ」

「いや、それでもさっき云われた事は変です。全然独断です。鼠が桶をかじらずに鰹節をかじったら、どうします。鰹節をかじったら、鰹節問屋が繁昌しますか」と少し嘲弄的に絡んで来た。

「君そんなに興奮するのはよしたまえ。鼠が桶をかじるのは桶を喰う為ではない。鼠はそう云う事をする必要があるのだ。そうしないと歯が伸びて来て役に立たなくなるのだ。だからと云って、鼠がかじるのは歯を磨り減らす為ばかりと云うのではないよ。鰹節をかじるのは即ち鰹節を喰う為だ。そう云う時の用に立てる為に桶をかじるのだ。

解ったか」と云ったが、吾輩自身、若い者相手に一席弁じている内に、話をどこへ持って行こうとしているのか解らなくなってしまった。

「外の点は兎も角として」鍋島老がいい工合に口を出した。「三味線に使うので、猫の皮が必要だと云う事は、我我として実に困る。犬の皮も使うそうだが、矢っ張り猫には及ばないと云うので」

「その点だよ」と校長猫も口を挿んだ。「由来、三味線音楽は我我猫属に取って不倶戴天の讎敵《しゅうてき》である筈だ」

「そう云えばそうなのだ。猫釣りの目的もそこにある。剝《は》いで行った皮は、何も外の用途に充てるのではない。毛皮にするとか、頭巾に仕立てるとか、そんな事はないだろう。みんな三味線の胴に張られるのだ」

長唄師匠は風向きが悪くなったので、猫斟酌《ねこじんしゃく》を始めた猫の様に、一足ずつ後じさりをし出した。

吾輩が云った。「先年人間社会が食料難でその日の食べ物に困り、従って我我を飼って置く余力もなかった事がある。自然、猫の人口も減り、種族保存の上から、前途はどうなるだろうと暗澹たる思いをした時代がある。若い諸君は御存じないだろう。それで人間が困ったのは三味線の皮だ。猫釣りが来ても、猫がいないんだからね。窮余の策として人間が考え出したのは、絹に何とか加工したものを三味線の胴に張り、皮に近い音を出したのだ。今後ともそう云う物で間に合わしてくれれば、我我は安泰なのだが、一時の思いつきに終った様だ。今となっては矢張り一刻の油断も出来ない」

「五沙さんは絹張りの三味線を聞かれましたか」

「いや、人間の話しているのを聞いたばかりです。一体、我我が三味線を聞くと云うのはよろしくない。つい踊り出したりすると、後が面倒な事になるからね」

「鍋島さんに伺いますが」と副総裁のアンゴオラが云った。「僕の家にはピアノが据えてありますけれど、三味線はないので、どう云う物だか、まだ見た事がありませんが、そうして皮を張ると云いますと、三味線には毛が生えて居りますか」

「毛が生えてはいないね。毛は綺麗に抜き取って腹の皮を張るんだよ。だから乳の痕があって、四つ乳《よぢ》とも云うんだ。若猫の皮がいいそうで、十分に育ってはいるが、まださかりが附かないと云うところが一番なのだそうだ。なぜと云うに、さかりの附いた猫には、方方に相手の爪の痕が残っていて、皮に張った時にその疵《きず》が出るのだそうだ。君や小判堂や宮様の御分家などは、若いから気をつけなければいかんよ」

「特別にねらわれるのでしょうか」と云ったかと思うと、副総裁はもう顫えている。

「尤もそれは引っぺがして見て解る事なのだから、五沙さんやおれ達だって安泰だと云うわけもない。おいおい、君達はそこで何をしてるんだ」と鍋島老はみんなから少し離れた竹の根元に目を向けて云った。小判堂と宮様の分家が毛を逆立てている。猫釣りが若猫をねらう話などはそっちのけにして、どっちかが押さえた虫を争っているらしい。

「そんなのないよ。僕だよ」と小判堂がいきり立った。

「それでは、ふうっ」と宮様の分家が一層毛を立てながら、しかしねちねちした調子で云った。「それでは君は、ねこばばを遊ばすのですか、ふうっ」

「静かにしないか」と校長が威厳を以って云った。「結局猫釣りの対策と云う事になると、どうするのだ。夕方暗くなってから外を出歩かないと云うだけか。それでは不十分だと思う。又そう心得るとしても、しかし是非外出しなければならん場合もある」

「本当にどうしたらいいのでしょう」

副総裁がおろおろ声で言った。

長唄師匠もまた前に出て来た。「猫釣りが来たら、来たと云う事をみんなに知らせる様にしてはどうだろう」と云った。

「駄目だよ」と校長が簡単に卻《しりぞ》けた。「人を見たら猫釣りと思うとは行くまい。どれが猫釣りだか判明しない。解った時は、仮りに町内で解ったとすれば、その時は已に町内のだれかが犠牲になっているのだ」

吾輩思うに、この話はどこ迄持って行っても埒《らち》はあくまい。こんなに纏まりがつかなくなった今日の協議会に、座長の鍋島老はどう結末をつけるのだろうと疑った時、不意に藪の垣根が、がさがさと鳴ったと思うと、隣り町の境にある羅馬《ローマ》教会の裏の出《で》臼《うす》と柄楠《えくす》と魔雛《まひな》と云う三匹の猛犬が垣根を破り、鼻面《はなづら》を揃えて、協議会の席へ飛び込んで来た。

あっと云う間もない咄嗟《とっさ》にみんなが八方へ逃げ散った。副総裁のアンゴオラが一番先に藪から飛び出した様である。

出臼、柄楠、魔雛は恐ろしい唸り声を立てて、そこいらを馳け廻った。吾輩は、はっとした瞬間に藪の外れまですっ飛んで、丁度目の前にあった柿の木の幹を攀じ登り、ここなら安全と思われる枝につかまって、後を振り返った。

その間に長唄師匠の銀猫は、藪の縁に生えた三味線草の実を蹴って逃げて行った。校長の波斯猫《ペルシャねこ》も周章狼狽して馳け出したのだが、柿の枝から見ていると、藪から出て、向うの屏に上がってからは、凡そ何事もなかった様な恰好で、いつもの様にのっし、のっしと歩いて行った。

宮様の分家と小判堂はどっちへ飛び出したのか解らない。そこいらに影も形も見えないのだから、無事に逃げ延びた事は疑いないのだが、気がかりなのは、鍋島老の安否である。

鍋島老は今日の座長でもあり、又一座の年嵩《としかさ》なので、みんながこの危難を脱するのを見届けると云うつもりがあったかも知れない。少くとも自分が外の者をおいて、真先に逃げ出す事は出来なかったのだろうと思う。その為に逃げ遅れて、出臼《でうす》、柄楠《えくす》、魔雛《まひな》に取り巻かれた。

逃げ場を失い、自分の手近かの竹の節に爪を立てて、つるつるした竿を天辺《てっぺん》まで攀じ登った。そこで竹の葉に身を隠し、目ばかり光らして下を見下ろしている。出臼、柄楠、魔雛は根もとからその竹に取りついて、吠え立てているのだが、せいぜい前脚で脊伸びをするだけである。犬に竹竿を登る事は出来ない。だから鍋島老は竹の天辺《てっぺん》で持久していればいい。そう思っていると不思議な事が始まった。ブレーメンの音楽師の噺にある趣向で、魔雛が一番下になり、柄楠が魔雛の上に乗り、出臼が柄楠の上に乗って、出臼、柄楠、魔雛が大変な脊丈になった。

吾輩はこれを見て恐ろしくなり、愚図愚図してはいられないと感じたから、急いで柿の木から下りて、往来を越え、来る時に伝った屏の上に登って帰って来た。

屏の上から振り返って見ると、藪の上で、丁度鍋島老が攀じ登った辺りの竹がゆさゆさと揺れ出したと思ったら、沈みかけた夕日を受けて、影絵の様になった猫の姿が、ふわり、ふわりと空中を泳いで藪の上を離れた。その下から、出臼、柄楠、魔雛の恐ろしい遠吠えが伝わった。見たくない事だったが、鍋島老は宙に浮かんで逃げたらしい。

第七

出田羅迷君が長い顔をして来ている。

「お忙しいですか」

「なぜ」

「いえ、お忙しいですか」

「それ程でもない」

「そうですか。しかしお忙しいのでしょう」

「忙しくない」

「いや、お忙しいのは結構です」

「何を云ってるんだ」

羅迷君は危坐した膝に両手を置いて畏《かしこ》まっている。

「実はですね、後から来る様に狗爵舎《くしゃくしゃ》にそう云って置いたのです」

「ここへかい」

「そうです」

「怪しからん話だ。打合せもしないで」

「それはですね。狗爵舎とは打ち合わせて、それでここへ来る様にしたのですけれど」

「狗爵と羅迷で打ち合わせて、こっちの都合を聞かないのはいかん。丸で猫の迷亭の仕草だ」

「それで先生の御都合を伺ったのです」

「来て仕舞ってから伺うのは遅い」

「いえ、伺いに来たのです」

「それは忙しくはないさ。忙しくはないけれど、ひまでもない」

「おかしいなあ。この頃の先生はすぐに意地になられるので困る。矢《や》っ張《ぱ》り歳の所為《せい》なんだな」

「何だと」

「先生、この猫は段段顔が長くなる様じゃありませんか」

羅迷はさっきから膝に上がっている吾輩の顔を逆撫《さかな》でした。

「猫でも矢っ張り歳を取ると、と云うよりは甲羅《こうら》を経ると、いくらか顔が長くなるものですかね」

「猫の顔が伸びるなんて、馬鹿気た事を云わない方がいい」

「気の所為かな。尤《もっと》も先生は明け暮れアビシニアと一緒にいられるから、変化に気づかれないと云う事もあります」

「ないよ。第一、猫の顔を測定する暇なんかない」

「そうだ、それでですね先生、狗爵舎と打ち合わせましたのは、先生がおひまだったら、狗爵舎が三鞭酒《シャムパン》を一本持っているのです」

「何、三鞭酒だって」

今まで退屈そうな受け答えをしていた五沙弥入道は、ヒンツェが二十日鼠《はつかねずみ》の話を聞いた様な顔をした。

「その三鞭酒をどうするのだ」

「先生の所へ持って来て開けようと云うので後からこっちへ伺う事になって居ります」

「それがいい」

「どうしたのだろう。狗爵舎の奴。遅いですね」

「本当だね、どこか廻ったのか」

「狗爵舎はけちですから、その三鞭酒を今までしまって置いたのです」

「もとから有ったのかい」

「そうらしい様です。黙っているから知りませんでしたけれど」

「罎の開け方が解らなかったのではないか」

「僕もよく知りませんが、そんなに複雑なのですか」

「昔、豊島沖《ほうとうおき》の海戦だったか、黄海の海戦だったか、敵艦を沈めてそのお祝いに三鞭酒《シャムパン》を飲もうとしたんだそうだ。軍艦の中の話だよ。三鞭酒は用意してあったけれど、栓抜きがないので咄嗟《とっさ》の場合、士官の短剣の峯で罎の頸を叩き割って、乾杯したと云う話を子供の時に読んだ事がある」

「特殊のフラッセン・エフネルが必要なのですか」

羅迷君は栓抜きと云えば済むものを、わざわざ独逸語を持ち出して披露した。

「ところが、その話はうそなんだよ。子供の時に覚え込んで、三鞭酒と云うものは、何か特別の栓抜きがいるのだとばかり考えていたのだが、実際は何でもない。キルクの栓が、罎の中の醱酵の勢いで飛ばない様に針金で括《くく》りつけてあるだけの事だ。針金をほどいて、キルクの栓を一寸《ちょっと》ゆるめれば、ひとりでにぽんと抜ける」

「僕も宴会などによばれて、飲んだ事は幾度もありますけれど、抜き方は知りませんでした」

「そのぽんと云う音をよろこぶんだね。ボイが宴席で客の前に罎を持ち出して抜く時、上手にいい音をさせると、その場でボイに御祝儀をやったりするのだ。全くうれしくなる様な音だよ」

羅迷君は固唾《かたず》を吞む様な顔をして聞いている。

「ところが、そう云う事にも亦《また》、はやりすたりがあると見えて、三鞭酒を抜く時、大きな音をさせるのは下品であり、不行儀だと云う事になったと云う説を聞いた事があある」

「僕なんざ矢っ張り音を立てた方がよさそうだな」

「大分前の事だが、僕がこの部屋で到来物の三鞭酒を抜いたんだよ。針金をゆるめて、キルクの栓に一寸手を触れたら、罎の中の勢いが強かったんだね、歯切れのいい音がして、ぱんと云ったと思ったら、押さえる暇なぞなかった。栓が鉄砲の玉の様な勢いで飛んで行って、そら、あの額のあすこの所に穴があいてるだろう。いきなり飛んで行ったので、驚いたぜ」

対坐している羅迷の頭の上に、煤けた細長い額が懸かっている。小さな字で、

　莫漫愁沽酒　漫《ミダ》リニ酒ヲ沽《カ》フ事ヲ愁フル莫《ナカ》レ
　囊中自有銭　囊中自《オノヅカ》ラ銭有リ

と、云う詩がくしゃくしゃと書いてある。落款《らっかん》を外れた所の紙が凹んで、小さな穴が出来ている。

「景気がいいですなあ」

「顔に当たったら、痛いだろう。まあよかったと思った」

「今日のもそんなに勢いがいいか知ら」

「狗爵は遅いじゃないか」

五沙弥は、初めの応対を忘れた様な事を云い出した。

立てつけの悪い玄関の戸が、ぎしぎしと開いた。

「来た様だね」と五沙弥が云って、目を動かした。

お神さんは一寸そこ迄出かけた留守である。羅迷君が呑み込み顔で、吾輩を膝から振り落として、玄関に出た。

「何だ。行兵衛君か」

「はい僕で御座います。今日は」

切り口上の挨拶が聞こえたと思うと、もう羅迷の後から上がって来た。

「なあんだ、スウィンピンウェーか」

「はい、僕で御座います。先生、御無沙汰致しました」

「先生スウィンピンウェーって何です」と羅迷が尋ねた。

「あちらでは、あっちの言葉ではだね、行兵衛の事をそう云うんだそうだ」

「成る程、行兵衛君は満鉄でしたね」

「だから原語で呼んでやるのだ」

「原語は恐れ入りましたね」と云って行兵衛君は少し違った見当の調子で笑った。

「スウィンピンウェーの全盛時代の記念だよ、ねえ、スウィンピンウェー」

「難有う御座います」

「しかし、今日は何しに来たのだ」

「御無沙汰のお詫び旁《かたがた》、先生の御機嫌を見に伺いました」

「意味ないじゃないか。人の御機嫌を見に来るなんて変だよ。あっちでは、そんな風に云うのか」

「御機嫌を伺いに伺いましたでは云いにくい様ですから、推敲《すいこう》してその様に申しました。詮ずる所、御機嫌の偵察です。出田さんにも暫らく振りでお目に掛かりました」

「本当だねえ、行兵衛君、君もすっかりおじさんになってしまった」

「お蔭様で育ちました」

「額《ひたい》も大分育った様だね」

五沙弥が大人気《おとなげ》ない事を云った。行兵衛君は前の方から禿げて行くらしい。

「いやだなあ。先生、禿の事を仰しゃるものでは御座いません。人がきらいます」

「まだ禿の事は云わないじゃないか」

「しかし聞く方では気を廻します。先へ先へと警戒心が動いて、話しの接ぎ穂に一寸《いっすん》の油断もしないと云う気になります」

「そんなに僻《ひが》むのはよくない」

「先生は御自身が白髪《しらが》系の毬栗《いがぐり》派だから同情心がないのです。僕があちらにいました時の総裁は、そうそう先生はあの頭を和蘭禿《オランダはげ》と云っとられましたが、どう云うところが和蘭風なのか知りませんけれど、何しろ総裁に禿の話をしてはいけないと云う事をみんな心得て居りました。それは厳にそうなのでして、におわしてもいけないのです。僕がついて行って、上海《シャンハイ》のホテルに泊まった事があるのですが、襯衣《シャツ》がよごれたから、襯衣を買って来いと云われまして、百貨店へ行ったのですけれど、生憎《あいにく》丁度いい加減の大きさのがなかったので、構わずに子供のを買って来て、著《き》せてしまったのです。ところが著る時は著られたのですが、今度脱ごうとされたら、どうしても脱げないのです。怒られましたよ。手伝ったけれど駄目なのです。総裁の頭は、そう云うわけで、あれですから、頭からかぶって著る時にはうまく行ったのですけれど」

「おいおいスウィンピンウェー、じれったいね。ここでは禿のタブウなんかないよ。禿なら禿で、総裁の頭は禿げてるから、禿ですべって、つるりと這入《はい》ったとこう云ったらいいじゃないか」

「そう云う風に先生は、ずばり、ずばりと遠慮なく禿と云う言葉を口にせられますが、僕なぞは多年その禁忌に触れぬ様に心掛けて来ましたので、そんな風には云えませんし、又紳士として云う可きではないと思います」

「紳士道に背《そむ》くのかい。窮屈な話だね。ぎくしゃくしないで円転滑脱に行くさ。今に及んでそんな遠慮をするスウィンピンウェーは、羹《あつもの》に懲りて齏《あえもの》を吹いている類《たぐい》だよ」

「毛を吹いて疵を求めると云うのはどうです」と羅迷君が口を出した。

「それは趣きが違う。第一、毛を吹くと云っても、毛がないのが禿だ」

「よう云いませんわ。出田さん、面白い事はありませんか」

「あるよ行兵衛君、今じきに狗爵舎が三鞭酒《シャムパン》を持って来るんだ」

「ここへですか」

「待ってるんだよ。遅いですね、先生」

「それはいい所へ伺いました。暫らく振りだな三鞭酒は」

「君も飲むつもりか」と五沙弥入道が曖昧な顔をして尋ねた。

「はい。戴きます。出田さん、狗爵舎さんは遅いですね。どこか廻ったんですか」

「だって君は今来て、禿の話をしたばかりじゃないか。僕はずっと前から来て、君が来るまで先生と三鞭酒の話をしてたんだよ」

「そうそう出田君、思い出した」と五沙弥が云った。「スウィンピンウェーは三鞭酒に因縁がない事もないんだ。彼の盛時に時時日本へ帰って来るだろう。すると必ず僕を案内して銀座裏のフレーデル・マウスへ行って、萊茵《ライン》の三鞭酒を飲んだ」

「そんな話を聞いた事がありますね。行兵衛君、君は感心だよ。又やらないか」

「いいえ、出田さん、それは僕が思いついた事ではないのです。先生がそうしろと云われますから、先生の命に従って僕がお供をしました」

「おんなじ事ではないか」と五沙弥が少しずるそうな調子で云った。

又玄関の戸が、ぎしぎしと鳴って、開いた。

「来たね」と五沙弥が真先に云った。

羅迷が膝を上げかけて、中腰で云った。

「しかし、おかしいですね、黙っている」

「僕が出て見ましょうか」と云って、行兵衛君が起ちかけた鼻先へ、

「はい、御免下さい。私で御座います」と云って風船画伯が現われた。

「おや、風船さんか。どうも変だと思った」と五沙弥が云った。

風船画伯は今日は白足袋を穿いて、懐をふくらましている。

「先生さん、御無沙汰致しました」

「何そうでもないけれど、よく入らっしゃいました」

「皆さんお揃いで、今日《こんにち》は」

「風船先生には随分お目に掛かりませんでした」と行兵衛が顔を覗き込む様にして挨拶した。

「はい。しかし何をそんなに御覧になりますか」

「何、暫らく振りだからです」

「風船さん、だれもいないから、お茶が上げられませんよ」と五沙弥が大袈裟な挨拶

をした。だれもと云っても、小さなお神さんが一人だけの話である。

「いえ、結構で御座います。今日は咽喉が乾いて居りませんので」

「変な御応対だな」

「御内政様《ごないせいさま》はお出掛けで御座いますか」

「一寸そこ迄行ったのです」

「いい塩梅《あんばい》に薄日になってまいりました」

午《ひる》過ぎから被《かぶ》さっていた空が、そう云えばいくらか透《す》いて来た様で、障子の外が夕方近くなってから却って明かるくなっている。

「風船さん、今日は何だか面白そうな顔をしてるじゃありませんか」と五沙弥が云った。

「左様で御座いますか」

「何かあったのかね」

「はい、先生さん、私只今までの家を追い出されましてね」

「へえ、追い出されたって。だれか友人の家に寄寓してたんでしょう」

「そこから出て行けと云われまして。しかしもう新らしい貸し間をめっけて参りました」

「どうしたのです。喧嘩ですか」

「いそ的《てき》で御座いますから、喧嘩はいたしません。先方の都合で、出て行けと申しました」

「それは乱暴じゃないか」

「つまり怒ったので御座いますね」

「なぜ怒られたの」

「それと申しますのが、先生さん、私が縁端で日向ぼっこをして居りまして、少し暖か過ぎて暑い様で御座いましたから、内へ這入ろうと思いましてね。すると急に何か彫って見たくなりましたので、丁度小刀を持って居りましたから、縁側にもたし掛けてあった竹箒《たけぼうき》の柄を削って見ましたけれど、感じが出ませんのでね、傍の戸袋を削って見ましたが、木が柔らかくて、木目《もくめ》がざらざらして工合がわるいものですから、何となくいらいらして参りましてね、上に上がって出しっ放しになっている卓袱台《ちゃぶだい》を削りましたら、大分気分がしっくりして参りました。しかし、もっと適当な物はないかと見廻しまして、違い棚か床柱がよかろうと考えましたから、先ず床柱から削りまして、一心不乱に削っているところへ偶然で御座いますね」

「こりゃ驚いたな」

「友人が出て参りまして、突然怒りました」

「そりゃそうだろう」

「大層立腹いたしまして、それからそう云う次第なので御座いますよ、先生さん」

「こりゃ驚いた。自刻自刷《じこくじずり》の版画家のインスピレイションて物騒だよ」

「何、それ程の事も御座いません。先生さんは物事を大きく仰しゃいます」

「僕の所でインスピレイションを起こしてはいやだよ、風船さん」

「大丈夫で御座います」

「小刀を持ってるのではないか」

「いえ、今日は置いて来た筈で御座います」と云いかけて、自分の懐に手をやった途端に風船画伯はひどくうろたえた目つきをした。

「風船さん、馬鹿に懐がふくれてるじゃないか。今日も又皮蛋《ぴいたん》のお土産かね」

「いえ、ついうっかりして」

「何です」

「しまった。先生さん、そうじゃ御座いません」

「いやに、そわそわしてるじゃありませんか」

「下駄で御座いますけれど」

「あらあら、いやだよ、風船さん、跣足《はだし》で歩いて来たんじゃないか」

「しかし大丈夫で御座います。今日は足袋を穿いて居りますから」

「だってその足袋で、足袋跣足《たびはだし》で歩いて来たのでは同じだよ」

「お玄関で足袋の裏をよくはたいて参りました」

「いやだなぁ風船さんは」

「懐の下駄を置いて上がるのを失念しまして、私の不覚で御座いました」

風船画伯は起ち上がって、玄関へ下駄を置きに行った。

同時に又玄関の戸がぎしぎしと開いたと思うと、

「おや、これはよく入らっしゃいました」と云う風船の声がした。

五沙弥が苦り切って、

「又だれか来た様だよ」と羅迷に云った。

「狗爵舎か知ら」

「狗爵なもんか」と五沙弥は匙《さじ》を投げた調子で云った。

「飛驒《ひだ》さんで御座います」と風船画伯が取り次いだ。

風船の後から、袴垂保輔《はかまだれやすすけ》が風を引いた様な顔をして飛驒が這入って来た。飛驒君は人事院の新官僚であり、又里風呂《りぶろ》と号し、新進作家としても評判がいいそうである。

「御無沙汰いたしました」

「何だ、里風呂か、御無沙汰なんかしていないじゃないか」

「はあ」

「こないだ酔っ払って、お辞儀ばかりして帰ってから、まだ何日も経たない」

「はあ、あの時は御馳走様でした」

「一体、今日はどうしてこんなに来るのだろう」

羅迷君がまた吾輩を膝に請《しょう》じながら、面白そうな顔をして云った。

「しかしまだ来ないのが随分ありますよ、先生」

「そんなに、みんなで来られては、堪ったものではない。告別式じゃあるまいし」

「偶然ですね」

「ここに来ている君達だって、うちの狭い事は知ってるじゃないか」

「一人ずつは知っていますけれどね」

「元来僕は、こんなに一どきに混み合わない限りはだよ、こんな不細工な来方さえしなければ、人が来ると云う事はきらいではない。しかし来た者が帰って行くのはなお一層好きだ」

「来ない者が帰ると云うのは困難です」

「来ている以上、困難ではない。用の済んだ者は帰ったらどうだね」

「用事が済んだらって、済み様がありませんからね。もともと用事なんか、だれだって無いでしょう」

「用事がないから、伺ったんでさあ、ねえ、羅迷さん」と行兵衛君が加勢した。

「そうだよ、ねえ。無い用事が済むと云う事はありませんものね」

考えたぜ」

「ふん」と五沙弥が云った。「君等の云う事は取り止めがないが、僕は今、別の事を考えたぜ」

「何です」

「鉄道省の七階の部屋のドアに、開けたら閉めて下さい、と書いた貼り札がしてあった。開けずに閉められるかい」

「一寸よく呑み込めませんが」

「開けたら、と云うのは閉まってるからだろう。そこを開けずに閉められるかと云うんだ。おかしな註文だよ」

「開いてたら閉めればいいでしょう」

「開けたら、と云うんだぜ。開いてるものが開けられるかい」

「成る程、少し無理な様だな」

「先生、その貼り紙は、鉄道省のどの部屋のドアにも貼ってあるのですか」と行兵衛が聞いた。

「そんな事は知らない。鉄道省の何百と云う部屋を見て廻ったわけではないから、無理な事を聞くな」

「では、鉄道の貼り紙と云うのでもないんだな」

行兵衛君は何か解らぬ事に独り合点をしている。

「こう云う話がある」と五沙弥が話し続けた。「僕の懇意な撿挍《けんぎょう》さんの話なのだが、しかし僕が撿挍の話をすると、だれでもすぐに馬洩《ばしゅう》撿挍の事かと思う様だが、そうではないんだよ。別の撿挍なのだ。その撿挍さんが、一人でいる時、座を起って隣りの部屋へ行こうと思ったのだ。何か急いだ用事を思いついたと見えて、勢い込んで間境《まざかい》の障子を開けようとしたのだそうだが、そこの障子は開いていたのが撿挍には見えないから、開けるつもりで引っ張って、そのはずみで前に出たら、障子の桟にいやと云う程おでこをぶつけて、怪我をしたそうだ。開いてるものを開けようとしたから閉まったのだ。閉めておいて、そこを通ろうとするから怪我をするのだ。気をつけなければいかん」

「だってそれは盲人だからでしょう」

「盲人だって、晴眼《せいがん》だって、鉄道省の様な無理を云うと怪我をする」

「変な話だねえ、行兵衛君」

「先生さん、私、今日は少し早く失礼させて戴きます」

「そう。それは結構だ。しかし何か用事があったのではありませんか」

「いいえ、用事などと申すものは御座いません」

「帰ると用事があるのですか」

「用事と云うのでも御座いませんが、今お話しを伺っていて、思い出しましてね。部屋を閉めずに出て参りましたので」

「用心が悪いのかな」

「いいえ、今度の部屋は二階で御座います。そう云う事は構いませんけれど、野良猫が二つも三つも這入って来て、私の留守中、何かして居る様で御座います」

「床柱で爪を磨《と》いでいるのだろう」

「暗くなってから、知らずに帰って行きますと、真暗な奥の方で、目玉が幾つも光って居ります」

「猫を踏み潰さなくて済む。いい工合だ」

「しかし先生さん、アビシニアの前で御座いますけれど、猫の目玉の光るのは、あれは余りいいものでは御座いません」

「風船さんは変な事を気にするんだな」

「閉めて来ればよろしゅう御座いました。後悔先に立たず、提燈持ちは後に立たず」

「閉めて置いても、開けて這入りやしないかな」

「それはお宅様のアビシニア君だけで御座います」

「それでは留守中に猫の目玉の火がともらない様に、早くお帰りなさい。我我はこれから三鞭酒《シャムパン》を飲もうと思って、三鞭酒が来るのを待ってる所なんだけれどね」

「三鞭酒ですって。今夕《こんせき》は三鞭酒で御座いますか。それはいい所へ伺いました」

「お帰り下さい。猫の目が光り出すといけないから」

「金輪際、おいとま致しません。実はね、先生さん、私まだ三鞭酒を戴いた事が御座いませんので、迷亭さんの言い分ではないが、この三鞭酒の夕《ゆうべ》を取り逃がしては、先祖代代に対して申し訳が立ちません」

「三鞭酒とは素敵だなあ」と飛騨君も乗り出した。

「君も飲む所存か」

「是非戴きます。僕はこないだ友人の結婚式によばれまして、そこで三鞭酒を飲んでから、味を占めて、もう一度どこかで飲みたいと思っていたところです」

「飲んだのなら、それでいいじゃないか」

「しかし、たった一杯のあてがい扶持《ぶち》で、その後は注いでくれませんでした」

羅迷君が吾輩の尻尾をしごきながら云った。「里風呂《りぶろ》君、今日は一人一杯が怪しいかも知れませんよ。一本しかないんだからね」

「半分でも結構です」

「時に先生、三鞭杯《シャムパンカップ》はありましたね」

「ある」

「しかし数が揃うか知ら」

「半打《ダース》あるから大丈夫だ」

「足りるかな。先生と僕と、風船さんと行兵衛君と里風呂君と、それに狗爵舎が加わって。そうか丁度六人だ」

「まだ後からだれか来ても、知らないよ」

「第一、もう這入れませんや。ここの間境《まざかい》をぶち抜けば兎《と》も角《かく》」

「いやだよ、そんな事は」

「いいです。僕が玄関でことわって仕舞う」

「もっと早くそうすればよかった」

五沙弥はそこに並んでいる連中を見渡した。みんな漫然と面白そうな顔をしている。

「あっ、いけねえ。矢っ張り一つ足りませんや」羅迷君が頭数を数えなおして云った。

「先生、御台所《みだいどころ》の分がはみ出します」

「女なんか三鞭酒《シャムパン》を飲まなくてもいい」

「そうか知ら。わっしゃ知りませんよと云いたいが、怒られて損をするのは我我だからねえ、諸君」

「飛騨君、その時の三鞭酒はうまかったかい」

五沙弥が外《ほか》へ話を持って行った。

「非常にうまくて、一杯でぽうっとなりました」

「尤もその前にお酒か麦酒を飲んでるんだろう」

「そうなのです。そこへ三鞭酒を飲んだので、すっかり酔っ払っちまいまして、帰る時みんなから真っ直に帰れと云われた様でしたが、朝、目をさますと、家《うち》に帰ってはいましたけれど」

「帰ったなら、いいじゃないか。よく馴らしたもので、どんなに酔っ払って前後不覚になっても、自分の家へ帰って来ると云うのは、飼い鳥や家畜では優秀な部類だ」

「はあ。家畜ではないつもりですけれど、途中、どこへ寄ったか、或《あるい》はどこにも寄らなかったか、それがまだ解らないだけです」

「大分《だいぶ》、曖昧だな」

「その時、向うを一緒に出た道連れに、あれからまだ会わないもんですから、今度会って尋ねて見れば判然するのです」

「人の所為《せい》の様だな」

「そうなんです。僕は知りませんから」

「どうして又そんなに酔っ払ったんだろう」

「それがですね、先生、結婚式でしょう。だから僕は朝、役所へ出掛ける時からモーニング・コートを著て行ったのです。モーニング・コートに弁当をぶら下げては変ですから、だから手ぶらで行って、午飛《ひると》びだったので、腹がへって腹がへって、役所からそっちへ廻った時は、目が眩《くら》んで、前にのめりそうでした。そこへ祝酒を飲まされたものですから、すぐに廻って、酔っ払ったところへ三鞭酒《シャムパン》でしょう」

「いかさま、と云うところだね、風船さん」

「もう飲みません」

「三鞭酒がいけなかったんだよ」

「三鞭酒は大丈夫です」

「それで、君は酔っ払ったが、結婚式は滞りなく済んだのだね」

「謡《うたい》が出ませんでしたから、無事に済みました」

「謡がどうしたと云うの」

「洋式の披露なんですね、ああ云うのは」

「この頃普通だろう」

「だから謡が出なくて、よかったです」

「謡をうたってはいけないかね」

「僕はあれを聞くと、聞くと云うよりは聞かされそうになると、つまりその席でだれかが謡を始めそうになると、僕は思い出して胸先《むなさき》が苦しくなって来るのです。先生にお話ししませんでしたか知ら」

「謡の因縁話《いんねんばなし》はまだ聞かない様だね」

「僕の結婚式の時の話です。落語に高砂やと云うのがありますね。あれを地《じ》で行った様な事なのですが、落語と違って陽気でもなく、面白くもなくて、本当に僕は青くなりました。先輩の句寒《くさむ》さんが仲人《なこうど》だったのですが、句寒さんが、仲人だから当夜の席上でおれがお祝いの謡をうたってやると云いましてね、しかし句寒さんは謡を知らないのです。それで僕の為に、謡の先生の許に通ってお稽古を始めました。そう云う親切な人なのです。何日か通って、まだ上達したと云うわけでもなかったのでしょう。しかし僕の結婚式の日取りが明日に迫ったので、句寒さんはその心組みで先生の所から帰って来たのですが、その晩僕の家《うち》へやって来まして、おれは考えて見たのだが、その席では矢っ張り前に謡本《うたいぼん》をひろげた方がいいと思う。これから京橋のわんやまで謡本を買いに行くから、ついて来いと云うのです。それで一緒に出かけましたが、何しろ省線電車だけでも一時間以上かかりますし、それから歩いてわんやの前に行ったら、もう表を閉めて寝ているのです。二人でどんどん戸を敲《たた》いたら、二階の窓の戸を開けて、店の者の様なのが顔をのぞけました。何だと云うから、謡本を買いに来たのだと云いますと、今日はもう店をしまったから、明日にしてくれと云うのです。句寒さんが、下から大きな声で、明日の婚礼に必要なのだ。それでわざわざ遠くから買いに来たのだから、そんな事を云わずに売ってくれと頼みますと、しぶしぶ二階から降りて来た様で、表の戸を開けてくれました。いろんな物が高くなる一寸前だったので、一冊八十五銭でした。句寒さんはいくらか得意な風で、それを懐に入れて帰りました

「が」

「どうせ構わないから、聞いて上げるけれど、面白いのだか、面白くないのだか、判然しない話だ。君の話はいつでもそうだ」

「はあ。何、もうすぐです。何しろその翌くる日が婚礼ですから、それでいろんな事が済みまして、句寒さんが、それではこれから、お祝いの謡をうたいますと改まって云ったのです。一座がしんとして、僕は胸がどきどきし出しました。一座と云っても、ほんの内祝いですから、大した人数《ひとかず》ではありませんが、それでも兎に角ずらずらと並んでいるでしょう。その人達がみんな息を殺した様に静まり返ったので、句寒さんはそう云ったきりで、すぐには始めないし、段段に辺りが引きしまって来て、僕は額《ひたい》に冷汗がにじみました。胸騒ぎがして、呼吸が詰まる様で」

「君がそんなに興奮する事はないではないか」

「そうは行かないんです。心配ですから、一生懸命に句寒さんの顔を見ていると」

「それがいけないんだよ。そう云う時に、じろじろ顔を見られては、そりゃ、やりにくいさ」

「しかし、僕はどうなる事かと思ったのです。句寒さんは、真赤な顔をしている様でもあるし、そうかと思うと、青くなってる様にも見えるし、あかりの所為《せい》もあったか知れませんが、僕の気の所為で、僕は目がくらみそうでしたから、そんな風に、色色に見えたのかも知れませんけれど」

「赤くなったり、青くなったりで平仄《ひょうそく》は合ってるから、それはそれでいいけれど、一体謡はどうするつもりなのだ」

「それなのです。それで僕は息苦しくて」

「君の述懐はもういい。話しと云うものは、いい加減の所で、埒《らち》をあけて結末をつけるものだ」

「いかにも」と風船画伯が口を出して、五沙弥の顔をまじまじと見ている。

「しかしですね。先生はそう云われますけれど、僕の事はまあ構わないとしても、句寒さんの身になって見れば、矢っ張り苦しいのです」

「なぜ。さっさと始めて、勿体《もったい》振らずに済ましてしまえばいい」

「そうしてくれれば僕も動悸を打たしたり、冷汗をかいたりしないで済むのですが、そうしている間も一座はしんとした儘ますます静まり返って、だれも呼吸をしている者はいない様です。句寒さんの膝においた手が微かに震えている様で、見ているとその手を片づけて、それから又手を膝において、その動作が次第に急がしくなったと思うと、喉仏《のどぼとけ》が上がったり、下がったり」

「ふん」

「しいん、として」

「さっきから、そうだよ」

「時がたつにつれて、段段しいんとして」

「もう解った」

「僕は、からだが石の様になりました」

「石にでも、蒟蒻《こんにゃく》にでもなりなさい。僕はもう君の相手になるのはいやだ」

「僕も困っているのです。しかし中座するわけには行きませんから」

「大体僕は句寒の謡なんか聞かなくてもいいんだ。だれに頼まれて君はそんなに勿体をつけて持ち廻るのか知らないが」

「先生は口やかましく云われますけれど」

「なぜ、あっさりと、簡単に話せないのだ」

「何しろ僕に取っては、一生の一大事でして」

「君は意地になって、話しを長びかすのだ。寒月のヴァイオリンじゃあるまいし、第一、時勢が違う」

「しかし句寒さんは気の毒です。前にひろげた昨夜の謡本をじっと見据えて、おもむろに顔を上げましたから、僕の方で、はっとして思わず目を外らしたのですが、矢っ張りその儘、しいんとしているので、又そちらを見ると、句寒さんの喉仏が上がったり、下がったり」

「勝手にしたまえ。句寒の喉仏よりは、御後園《ごこうえん》の鶴に吉備団子を喰わした方が面白い。吉備団子の玉が鶴の長い頸を伝って降りて行くのが、はっきり見えるよ」

「御後園って、何です」と羅迷君が口を出した。

「俗に後楽園と云う奴さ。日本三公園の一だよ。岡山の話だぜ。昔、鶴が七羽いたんだ」

「へえ、有名な後楽園が、俗称なのですか」

「俗称と云うのは、一般にそう云うし、公式にもそう云うと云うので、本当のもとの名前は御後園なんだよ」

「何だか先生の云う事はよく解らない。どっちだって僕なんか構わないけれど」

「鶴が吉備団子を嚥み込む話なんだよ。見ている内に団子のかたまりが段段下の方へ降りて行って」

「先生、僕の話を聞いて下さい」と飛驒君がやっきになった。「句寒さんの咽喉の奥が鳴っている様なのです。辺りがしんとしていますから、その音が僕に聞こえて、僕はいよいよ息苦しくなりました」

「苦しくったって、知らない」

「あんまり固くなって、上《の》ぼせたので、僕は耳鳴りがし出しました」

「勝手に耳を鳴らすさ」

「しかし句寒さんは、まだじっとしています」

「ほっておきなさい」

「そうは行かないのです。僕の一生の一大事ですから」

「それは、もうさっき、そう云ったよ」

「はあ」

「若い者の話しの長いのは醜態だ」

「はあ」

「君のお蔭で、欠伸《あくび》が出そこねて、気分が悪くなった」

「はあ、しかし、僕は固くなって見ていたのです。句寒さんは黙って膝の前の謡本を閉じました。そうして」

「それでどうしたのだ」

「今日は一寸調子が悪い様ですから、止めておきます。そう云って、みんなにお辞儀をしました」

「ふん」

「一座の客がそれに応えて、丁寧にお辞儀をしまして、それから少しざわざわして、僕はほっとしました」

「飛騨さん、面白いお話で御座いました」と云って風船画伯がお辞儀をした。その座の一人がお辞儀をしている様な感じであった。

五沙弥は吉備団子の玉が咽喉に閊《つか》えた様な顔をしている。飛驒君は長談義《ながだんぎ》の余勢を駆って話し掛けた。

「先生、僕の小説集をお送りしておきましたが、御覧下さいましたか」

「ああ、『あぶれ蛙』か、読んだ読んだ」

「そうですか。難有う御座いました。みんな読んで下すったのですか」

「ううん、中の短篇を三つ四つ読んだ」

「どれと、どれです」

「どれと、どれって」

「何と云う題のですか」

「題は忘れた。忘れたと云うよりは、初めから、題を見て読む様な事はしない」

「それでは、どう云う筋のでしょう」

「筋なんか覚えていないよ。抑《そもそ》も小説の筋なぞと云うものは、凡そ意味のないものだ」

「はあ」

五沙弥入道は、里風呂《りぶろ》先生としての飛驒君を簡単に片づけておいて、何だか中途半端な様子である。

暫らくだれも口を利かないので、飛騨君の婚礼の様にしんとして来た。吾輩は羅迷君の膝を下りて顔を拭いた。

その内に五沙弥入道が、「長いねえ」と云った。

「何がです」

羅迷君がいやな顔をした。

「狗爵の三鞭酒《シャムパン》を待ち草臥《くたび》れた」

「何だ。そうですねえ、どうしたんだろう」

「あんまり長いので僕はこんな事を考えた。出田君、玄関の横の所に木賊《とくさ》が生えてるだろう。木賊を分けてやろうか」

「僕にも下さい」行兵衛君が云った。

「君は貰って何にする」

羅迷君が尋ねた。「僕が木賊の特別の寵錫《ちょうせき》に預かるのは、なぜですか」

「長過ぎる所を木賊《とくさ》でこするのさ」

「いやだな。矢っ張りそんな事だ。先生、僕ぐらいの歳になっては、もう長いも短かいもその儘で、それでいいんです。元来どうにもなりませんや。先生があんまりそんな事ばかり云うから、家《うち》の者など更《あら》めて僕の顔を見なおして、そう云えば成る程長いと云い出しました。だれだって、顔は長目にきまっていますよ、ねえ諸君」と云って、みんなの顔を見廻した。

みんな、おかしい様な、おかしくない様な顔をして黙っている。

五沙弥は構わずに話し続けた。「木賊は地上の植物として地球の表に生え出してから、羊歯《しだ》などと共に一番由緒《ゆいしょ》の古いものなのだ。地球の地殻が出来たと思われる時以来今日まで、大体七千二百萬年を経ている。七千二百萬年の中には、二千四百萬年が三つあるだろう。その初めの二つ即ち四千八百萬年を経過した時に、初めて地上に木賊が生えた。木賊が生えてから今日までに二千四百萬年たっている。つまり七千二百萬年の中の三つ目の二千四百萬年の間、ずっと木賊が生えていて今日に続いているのだ。それが連綿として僕の家《うち》の玄関のわきにも茂っている。木賊から見れば人間の営《いとな》みなんか、露に宿る稲妻に過ぎん」

「えらい事になりましたな、先生さん」

「長いも短かいもあったものではない。乞う安んぜよ出田羅迷」

「滅茶だよ、先生の云う事は。木賊の命が長いのは時間でさあ。眇《びょう》たりと雖《いえど》も僕の顔は空間に在るのです。そんな因縁をつけないで下さい」

「だから、だよ。いいかね。だからと云うのは、それだから空間をはみ出してさ、空間から時間に跨《また》がって」

「いいです。どっちにしたって、僕等には先天的の直観形式でさあ。木賊が生え出した前からの問題です」

「おいおい、羅迷先生、出鱈目もいい加減にしなければいかん。いいかい。木賊《とくさ》が生え出してから二千四百万年経過してだよ、その三番目の二千四百万年の仕舞い頃に、やっと人類と猿類の共同祖先みたいなものが、わいたのだぜ」

「わいたと申しますと、先生さん、人間がわくので御座いますか」

「つまり、発生したのさ。その時から前に二千四百万年も溯《さかのぼ》って直観も先天もあったものじゃない。変な得態《えたい》の知れない物が、えて物でない判然とした人間になってから後の話さ」

「そうではないですねえ、現にこうやってその木賊の生え出す時の事を考えているんですから、僕達の時間はそこまで溯っているのです。空間にしたって、おんなじでさあ。何も僕が長かったり、ここの家《うち》が狭苦しかったり」

「解ってるよ、無涯の宇宙を持ち出して、木賊の茎で突っ刺して」

「変だなあ、どうするのです」

「心棒にして、くるくる廻そうと云うのだろう」

「羅迷さんと先生と一体何を云ってるんだ」と飛驒君が独り言の様に云って、両方の顔を見た。

「結構なお話で御座います」

風船画伯は又お辞儀をした。

「僕には下さらないんですか」行兵衛君も口を出した。

「何だ」

「木賊です」

「ああ、そうか、やってもいいよ。スウィンピンウェー」

羅迷君も云った。「僕は勿論頂戴します」

「上げるさ」

「貰って行って、云われる通り何でもこすりますよ。さっきの話ですけれどね、先生、宇宙の事を云われましたが、天文の方で云う宇宙は、有限であって限界が無いそうですね」

「いやな定義だな」

五沙弥が妙な顔をして、一寸考え込んだ。

「身体のどこかが、むずむずする様じゃないか。大きな、倉ほどもある、大きな消し護謨《ゴム》のかたまりに噛みついた感じだな」

「貰った木賊で限界の無い辺りを少しこすっておきましょう」

「先生、足音がします、そら家《うち》の前で止まった」行兵衛君がお尻を上げかけて、目を光らした。

「本当だ」と云って羅迷君が起ち上がった。

玄関の戸が、又ぎしぎしと開いた。

真先に羅迷君が玄関へ出た。その後から吾輩も諸君の為に待ち兼ねた気持で玄関に出た。吾輩のうしろに行兵衛君が起っている。

みんなの脱ぎ散らした靴に混じって、上げ潮が持って来た様な風船画伯の古下駄が異彩を放っている。懐から出してそこに置いただけあって、それだけがきちんと行儀よく揃っている。そこへ狗爵舎君が這入って来た。

「ああ、おもた」

さげて来た壜の風呂敷包を式台に置いて、額ににじんだ汗を拭いている。

「遅かったじゃないか」

「そうかい。そうでもないだろ」

狗爵舎君は何か云う度に、亀の子が癇を起こした様な恰好で頸を肩に埋めようとする。頸を縮めたり、肩を持ち上げたり、その運動が中中目まぐるしい。

「随分待ったよ」

「又大変なお客さんだね。知った人ばかりかい」

「みんなお前を待ってるんだぜ」

「わあ」と云って一寸包みを持ち上げた。「まあよかった」

「何だ、一本じゃないらしいじゃないか」

「だからよ。二本持って来たんだ」

「それだからお前はけちだと云うんだ」

「なぜ」

「一本しかない様な事を云ってたじゃないか」

「そうかと思ったんだ。倉を探したらもう一本あったんだ」

「それを一本しかないと思うところが、けちなんだ」

「そんなら、わしゃ一本さげて帰る」

「まあまあ」と行兵衛君がうしろから、しゃしゃり出て、包みを持ち上げた。「はい、頂戴いたします」

「狗爵舎、早く上がれ」と五沙弥が奥から胴間声《どうまごえ》で叫んだ。

第八

春過ぎて、夏来にけらし吾輩は、方方の毛の附け根が痒《かゆ》くて困る。猫のアレルギーだろう。

主人のアレルギーはお金がアレルゲンであって、たまに印税などを貰うと喘息《ぜんそく》を起こす。幸いにこの頃はどこからもそう云う物を持って来ないから、無病息災に暮らしている。

今日は午《ひる》まえから雨になって、しとしとと降り続けている。雨垂れの音が家のまわりを取り巻いているけれど、明かるい雨であって、障子の中が陰気ではない。しかし吾輩は足の裏が濡れるから、出歩くわけに行かないので、いつもの通り曖昧な顔をしている五沙弥の傍に香箱《こうばこ》をつくっていると、蝙蝠傘《こうもりがさ》に雫をたらして三鞭酒《シャムパン》の狗爵舎君がやって来た。

例の茶の間の柱の前で、狗爵舎君の這入《はい》って来る気配につれて髭の先を捻《ひね》っている五沙弥に向かい、狗爵舎君は亀の子が癇を起こした様に頸を縮め、またもとへ伸ばして丁寧に挨拶した。

「先生、御無沙汰いたしました」

「入らっしゃい。しかし」

「はい」

「何と云っても構わない様なものだが、御無沙汰なぞしていないじゃないか」

「そうでも御座いません」

「まあいい」

「今日《こんにち》はまたお邪魔に上がりました」

「何かあるのかね」

「何って別に趣向も御座いませんが、出田が暫らく振りに先生の許《とこ》へ行かないかと申しまして」

「暫らく振りではないと云うのに」

「あれから後、出田はお伺い致しましたか」

「あれからって」

「三鞭酒《シャムパン》の時で御座います」

「来ないだろう。来たかな。よく覚えていない」

「何だか先生はねむたそうですね」

「眠いよ」

「お疲れですか」

「いつだって眠い」

「鳳眠《ほうみん》を驚かし奉って相済みません」

「眠ってはいないよ。眠っていないから眠いのだ」

「そんなもので御座いますかね」

狗爵舎君はまた一流の亀の子運動を試た上で、前歯の抜けた口をゆがめて笑った。

「何だ」

「いえ、多少おなかがへって参りましたので」

「腹がへったから笑ったのか」

「はい」

「ふん」五沙弥は少し目がさめた様な顔になった。

「それで出田がどうしたと云うんだ」

「なんにも申しませんけれど」

「出田が行こうと云ったのじゃないのか」

「それはそう申しまして、おっつけ伺う事と思います」

「矢っ張り打ち合わせて来たんだな。どうして君達二人は、いつもつるんで来ようとするのだ」

「そう云うわけでも御座いませんが、お差閊《さしつか》え御座いませんか」

「雨の降るのに御苦労様だな」

「矢っ張り時時伺いませんと、余り御無沙汰になりますので」

「御無沙汰と云うのは君達の口癖だ」

「それに就きまして、先生、私の父がしくじった話が御座います」

狗爵舎君の生家は田舎の大地主であって、お父さんは貴族院の多額納税議員に選ばれていた事がある。郷望の高い老人で、その息子の狗爵舎君は五沙弥の昔の学生の中でも一番お行儀のいい紳士だが、世の変遷につれて、この頃の暮らしはもとの様でないのは止むを得ない事である。

「父の御無沙汰と云う話か」

「はい。しかし父が御無沙汰をしたと云うのでは御座いませんので、父は元来無口《むくち》なたちで、無駄口を利くと云う様な事はなかったので御座いますが、どう云うはずみで御座いましたか、遠縁の者が参りまして、父に向かって御無沙汰申上げましたと挨拶いたしますと、父は言下に、御無沙汰かたじけないと応対いたしましたら、その一言がもとで親類じゅうが揉めまして」

「面白いね」

「はい、そう云う話で御座います」

「それでどうした」

「いいえ、それだけの事で御座います」

「何だ、君は空想力が貧弱だからいかん。それから後はきっと面白かったに違いないと思う」

五沙弥は飛驒里風呂《ひだりぶろ》の長談義に手を焼いたのを忘れた様な事を云った。

「その後を僕が捏造《ねつぞう》するので御座いますか」

「そうではないよ。まあいいさ。しかし御無沙汰かたじけないと云うのは、中中気の利いた受け答えだ。語呂が合ってて、調子が叶《かな》っている。これから僕が使う事にする」

「先生からそう云われても、我我の間で揉める気遣いはありませんから、どうか御利用下さい」

「揉めたって構わないが、それより先に第一、反応がなくては何にもならん。君達の一味は相手にならんから、外《ほか》の向きへ使う事にしよう」

「まあ、そう仰しゃらずに、どうか我我の方へも」と云いかけて、狗爵舎はまた抜けた前歯の間から笑った。

小さなお神さんが饂飩《うどん》の冷盛《ひやもり》りをお盆に載せて持って来た。

「入らっしゃいまし」

「お邪魔をいたして居ります」

「ちっとも存じませんでした。裏に出ていたものですから」

「それは何だ」と五沙弥が凄い目をしてお盆の上を睨みつけた。

「さっきね、お勝手に這入ったら、狗爵舎さんがおなかがすいたと云っていらした様でしたから、こさえて来ましたのよ」

「僕にですか。これはどうも」

「そうか。食いたまえ」と云って五沙弥はお盆を押しやる様にした。何となく片附かない様子である。

「戴きます。遠慮なく頂戴いたします」と云って一寸《ちょっと》お神さんの方へ会釈した。「しかし、先生は召し上がらないのですか」

「僕か。僕は食うものか」

「なぜです。おなかがおすきにならないのですか」

「腹はへってるさ。非常にへっている。君は午飯《ひるめし》を食ったのだろう」

「はあ、軽く食べました」

「僕は午飯も食っていない」

「先生はいつもそうなのでしょう」

「そうだ。だから君よりもっと腹がへっている」

「どうも僕一人だけ頂戴しては悪い様です」

「止むを得ない」

「構いませんか」

「構わないかと云うけれどね、君、僕は腹がへってるんだ。それをその儘夕方まで持って行こうとする途中で、その目の前で人が何か食べると云うのは中中つらいね」

「相済みません」と云って狗爵舎君はにやにや笑いながら、汁の中へ薬味を入れた。

「先生はどうして召し上がらないのだろう」

「それはだね、今頃の時間に何かおなかへ入れると、晩のお酒の味をそこねるんだよ。

中途半端な間食をすれば、それだけ杯がまずくなる。まずくなっただけでは済まないので、そこをいつもの味が出るまで持って行こうとすれば、つい飲み過ごす結果になって衛生上よくない。金鉄の志を立てて眼前の誘惑を斥《しりぞ》けるのは一《いっ》に衛生上の顧慮によるのだ」

「大分《だいぶ》込み入った衛生で、下根《げこん》にはよく呑み込めません。それでは戴きます」

狗爵舎君はつるつると音を立てて、饂飩を啜《すす》り始めた。

「その、葱《ねぎ》を刻んだのがいい匂いがする。うまそうだな。うまいか」

五沙弥はじっと手許を見つめている。

「大変結構です。咽喉《のど》を辷《すべ》って通る味が何とも云われません」

「そうだ、全くそうだ。饂飩がうまいのは、その感触だな」

「はあ」と云ったきりで狗爵舎は一生懸命に饂飩を啜り込んでいる。

「饂飩に限らず、一帯にみんなそうだな。蕎麦《そば》でも素麵《そうめん》でも冷麦《ひやむぎ》でも、そう云う物の味わいは咽喉に辷り込む時の感触だ。日本人だけの話ではない様だ。似た様なものが東洋にも西洋にもあって、どこでもうまがって食っている。どうだか知らないが、そうだろうと思うのだ。そう云う食べ物がある位だからな」

「はあ」と云って狗爵舎は又一箸つるつると嚥み込んだ。

「マカロニ、スパゲッチ、ヌウデル、まだ色色の名称や、ちがった種類があるだろう。

その本国の者に聞いて見た事はないが、そう云う物を嚥み込む折の感触は、我我が蕎麦や饂飩を食べる時と同じだろう。つまり咽喉を辷る工合がいいのだ。そうするとだね。人間は洋の東西を問わず、ああ云う物を食べたがると云う事になって、我我の祖先は昔昔、いつの時分か僕には見当がつかないが、多分火食《かしょく》を知る以前に違いないと思うのだが、饂飩やマカロニに似た細長い、骨のない、ぬるぬるした虫を食った時代があって、余っ程うまかったんだね。その祖先の味わった味が今日《こんにち》に伝わり、ああ云う物を食べる度に遠い記憶が咽喉の奥に甦《よみがえ》って、長い虫を食ってる様な気がするのだろうと思う」

「いやですよ、先生」と云って狗爵舎は口に持って行きかけた饂飩をもう一度汁の中につけた。

「いやだと云っても、君は現にそうやってうまがっているではないか。争われんものだ」

「戴いてしまいます」

「急がなくてもいい。ゆっくり食べて咽喉の所で味わいたまえ。麵類《めんるい》の味は要するに触覚だな。口ざわり、咽喉ざわりが身上《しんしょう》だ。握り鮨やアスパラガスを指で摘《つま》んで食うのもいいが、蕎麦や饂飩の盛りや冷麦なんかは手で摑んで食った方がいいかも知れないぜ」

「なぜですか」

「虫をつかまえた様でうれしいじゃないか」

「これは困りましたな。まだこんなに有るのですから」

「構わないよ、遠慮なく続けたまえ。大晦日《おおみそか》の晩に蕎麦を食うだろう。来年もまた長く続く様にと云う縁起だ。長く続くと云う事を形に現わして、そこがいいのだが、いいと云う事の一番もとは、うまいと云うのが起こりだ。長い物がなぜうまいかと云うと矢っ張り虫だね。虫より外に自然界で饂飩の様に骨がなくて、ぬるぬるっとした物は思いつかないが、君の聯想はどうかね」

「一寸今よく解りませんが」と好い加減な返事をして、狗爵舎はあわてた様に饂飩を啜り込んでいる。

「そうだとすると饂飩は、掛けやあつ盛りや、煮込みや、釜揚げで食うよりも、そうやって冷盛《ひやもり》りを啜るのが一番うまいわけだな」

「なぜです」と問い返したけれど、狗爵舎は半分上の空である。

「なぜって冷たい方が虫らしいからさ。温かい虫と云うのはいないものね。温かい虫を食った事があるかい」

「うわあ、段段ひどい事になった。先生一寸待って下さい」

「そんな大袈裟な声をするものではない。落ちついて食べたまえ。咽喉に閊《つか》えるといけない。しかしあわてて食っても饂飩には後先がないからいいね」

「後先と申しますと」

「君、沙魚《はぜ》の佃煮だとか、小さな鰯《いわし》だとか、鮒《ふな》の甘露煮だとか、何でもそんな小魚《こざかな》を食べる時、君はどっちから食う」

「どっちからって、どう云うのでしょう」

狗爵舎君は少し安心した様子で、一寸箸を休めながら五沙弥の顔を見た。

「頭から食べるか、尻っ尾から口に入れるかと云うのだ」

「さあ、そう云う事を考えた事が御座いませんが、どっちかにきまった法式があるので御座いますか」

「法式って行儀やお作法の話ではない。頭から食べるにきまったものだ。それが自然界の習慣なのだ。動物だってそうしているよ、今度見て見たまえ。人間も意識しなくても、ひとりでにそうなっている。おれは尻っ尾から食うと云うのがいたら、変態だよ」

「変態食慾ですか。そうですかねえ。何でも頭から食べるにきまったものですか」

「らっきょうの逆《さか》かぶりと云って、辣韮《らっきょう》だけは尻から食うものだが、尤《もっと》も辣韮は動物ではない。どうしたのだ、もう食べないのか、お済みかね」

「いえ戴きます」と云って狗爵舎君はまた箸を取り上げ、序《ついで》にもう一度薬味を入れ足した。

「だから、饂飩には頭も尻っ尾もなくていいねと、その話をしたのだ」

「あっ、またどうも」

「だからどっちから食っても大丈夫だ。蚯蚓《みみず》にも頭はなかったね」

「蚯蚓《みみず》で御座いますか、弱ったな。しかし蚯蚓とは色がちがいます」

「白蚯蚓と云うのはいなかったかな」

「さあ」

「いなくても差閊《さしつか》えない。水の中で死んだ蚯蚓は白くなっているが、あれは話が違う。あの白《しら》けた奴はきっと又口ざわりもふやけているね。雛などが食ってもまずいだろうと思う」

「はあ」

「蚯蚓の土左衛門の色合は別としてだ、うねくね動いている生きのいい蚯蚓の話だが、色はどうだっていいのだ。君、雛や緋鯉に饂飩をやった事はないかね」

「御座いません」

「面白いよ。争って寄って来て、急いで嚥み込んでしまう。勿論、雛や緋鯉に饂飩と云う観念はないから、細長い虫だと思って食べるに違いないのだが、どんな虫の聯想なのか、それは解らない。仮りに蚯蚓と間違えているとしても、いや蚯蚓は色が違いますと、そんな事を鯉や雞が考えるわけはないだろう。色はどうでもいいのだ。ただその形と、それから口ざわりだ。なぜ君そんなに箸の先で饂飩を、ちょぎちょぎに千切るのだ」

「はあ」

「短かくして、形を変えようと云うのかい」

「いえ、そうでは御座いませんけれど」

「猫がおなかをこわす事があるだろう」

「猫で御座いますか」

「おなかをこわすと、尻から饂飩のちょぎれた様な白い虫を出すぜ」

「どうも」

「気がつかずにいると、畳の上でうねくね動いている」

「はあ」

「白い虫だから色はそっくりだけれど、饂飩は動かないから」

「もう、どうも」

「だから見分けがつくから大丈夫だ」

「はあ」

「動かない方が饂飩だ」

狗爵舎が咽喉のあたりで、げえと云った。

「いやだよ、君」

「はあ」

「猫の逆で口から出してはいけないぜ」

「先生、もう勘弁して下さい」

五沙弥は新らしい煙草に火をつけて、ゆっくり吸いながら口髭をひねり出した。狗爵舎君はまだ食べ残した饂飩を前に置いて、目を外に向けた儘、浮かぬ顔をしている。

二人が黙ったら雨の音が強くなった。

雨の音の中で、玄関の戸が湿っぽい響きを立てて開いた。五沙弥はそれに構わぬ風で狗爵舎に話しかける。

「どうした。もう満腹かね」

「はあ、どうもさっきから」

「いいよ、片附けたまえ」

「はい、しかしもう」

狗爵舎君は何となく饂飩の方を見ない様にしている。

さっき饂飩の盆をそこへ置いてお勝手に引き取ったお神さんが、玄関に出て羅迷君を取り次いだ。濡れた物を脱いだりするのに少し暇取って、暫らく玄関でごそごそした後、羅迷君が這入って来た。

「先生、日外《いつぞや》は御馳走様でした」

「おや」

「何ですか」

「御無沙汰ではないのか」

「はあ、どうも御馳走様でした。奥さん、いつも相済みません」

「狗爵舎君、駄目だね」

「何で御座いますか」

「ためしに忝《かたじけな》いを使って見ようかと思ったのだが」

「ああその事ですか」

「何だ、おい」と羅迷君が怪訝《けげん》な顔をしている。

「もうよろしいのですか」とお神さんがお盆に手を掛けて聞いた。

「御馳走様でした。大変結構で御座いました。不行儀に食べ残しまして」

「急いだので、おつゆがまずくて、上がれなかったんでしょ」

「いいえ、決して、そうでは御座いません、どうも」と云いかけて、もじもじした。

「相済みません。奥さん、先生が悪いんです」

「下げていいよ」と五沙弥が云った。「出田君にも食べさせるのか」

五沙弥は何となく面白そうな顔をしている。

「もうありませんのよ」

「もう無いって。それは不都合であり、且《か》つ不公平の譏《そし》りをまぬかれない」

「だって出田さんが入らっしゃるとは知らなかったのですもの」

「それにしても、いつも余分につくるのが癖じゃないか」

「僕はいいんです。奥さんお構いなく。君は先に来て御馳走になったんだね」

「早く来ればよかったのに。為になるお話を伺った」

「そうかい」

「遅かったじゃないか」

「遅くはないさ。君が早過ぎたんだよ」

お神さんがお盆を引いて下がった。

「女と云うものは妙な用心をするものだね」と五沙弥が云った。「今はもうないと云ったけれど、大概いつでも余分なものをこさえておいて、後で味が変りそうになると、あわてて自分で始末している。御飯なぞでも、余らしておかないと気が済まないらしいね。だからいつも冷や飯の、少少におって来かけたのばかり食べている。うちは小人数だからその程度で我慢している様だが、本来ならおはちに一杯ずつ残しておきたいのだそうだ」

狗爵舎君が云った。「それは先生、私の田舎の生家でもそうで御座いまして、いつでも冷や飯がおはちに幾つかあった様で御座います。そうするのが台所の責任だと云う風に思っていたのですね」

「冷や飯を残してどうするのだ」と羅迷君が聞いた。

「どうするって、結局食べてしまうのだが、いつもそうしておくのが用心なのだ。そう云う風に考えるのだね。若しもの事があった場合、あわてて御飯をたくわけには行かないと云うので」

「若しもの場合って、どう云う時だ」

「地震だとか、火事だとか」

「何だ、そんな事にそなえて冷や飯を貯えておくのか、古いね」

「地震や火事は古いさ。しかし又やって来た時は新鮮だぜ」

「こいつ、尤もらしい事を云うじゃないか。だれの真似だ」

「大名が途中で不意に立ち寄ったのだそうだよ」と五沙弥が話し出した。「きっと狗爵のうちの様な豪家なんだ。供の者に飯を出せと云うので、御飯をたこうとしたら、急ぐからすぐに出せと云うのだそうだ。お供は何十人だか何百人だか知らないが、何しろ大勢いるので大変な騒ぎなのだが、お急ぎでしたら、冷や飯でよろしかったらと云って、それで急場の間に合わせたと云う話だ。あたたかい御飯なら、焚けばいくらでも出せるが、それだけのお供に冷や飯を食わせたと云うのは、聞きしにまさる御大《ごたい》家《け》だと云う評判さ」

「そりゃそうだ。冷や飯は急には出来ませんからな。君のうちは、そんなに大きかったのかい」

「僕のうちの事ではないよ。先生の捏造《ねつぞう》なのだ」

「捏造じゃないぜ、おい狗爵君」

「冷や飯の話が先生の空想力で大名のお供まで伸びたのでは御座いませんか」

「ははあ、父の御無沙汰を根に持ってるんだね。実際の話さ。尤も、いつ、どこであった事か、それは僕は知らない。それから目玉の吸い物と云うのがあるだろう」

「何の目玉です」

「なんにも知らない羅迷だな、目玉の吸い物と云えば、鯛の目玉の潮煮《うしおに》にきまったものだ。猫の目玉や鴉の目玉をだれが食うものか」

「はあ」

「矢っ張り狗爵のうちの様な豪家なんだな、大勢のお客をして、何十人いたか百人もいたかそれは知らないが、お膳が出て、吸い物の蓋を取って見ると、目玉のうしおなのだそうだ。みんな、だれのお椀も目玉の吸い物だったそうだ」

「それがどうしたのです」

「だから大したものではないか」

「なぜです。どこが珍らしいのです。鯛はどの鯛でも目玉があって、目くらの鯛なんて聞いた事もありませんや」

「だけど一匹に二つきりないだろう。大勢のお客に目玉ばかり供したとすると、沢山の鯛の、身の方を無駄にした事になるのだ。だから豪奢な話なのだ」

「無駄にしなくても、お刺身にすればいいです」

「刺身は沢山つけても七五三にきまったものだぜ、七五三と云うのは羅迷に解らないだろう。七切れの列と、五つ切れの列と、三切れの列と、一皿にはそれだけで、それ以上盛ると云う事はないのだ。第一、刺身の切れの大きさは大体きまったもので、いくら目玉の所を取った後の鯛が余るからって、羅迷の顔の様な大きな長い刺身なんて、まだ見た事がないからね」

「それじゃ余った奴を、鯛味噌か罐詰にしとけばいいです」と羅迷君も負けていなかった。

「僕は、さっき戴いた饂飩が、おなかの中で動き出した」と云って狗爵舎君は何でもない所をじっと見据えた。

「そうかい」と五沙弥は普通な顔をしている。

「仕舞い頃をあわてたからだな」と独り言の様に云って、狗爵舎流に忙しく頚を動かした。

「先生、こないだの三鞭酒《シャムパン》はまずかったですね」

羅迷君は饂飩の話に乗らなかった。

五沙弥も思い出した様な顔をした。「もう大分忘れかけたが、あの三鞭酒はまずかった。お蔭で三鞭酒と云う物のいい記憶をこわされた様な気がする」

「相済みません」と狗爵舎君が今度はわざとらしく頸を縮めた。いつものは不随意筋《ふずいいきん》の運動の様だが、それとは趣きが違う。縮めて、前歯の抜けた所で笑って、それからもとへ戻した。

「ギャソリンにサイダーを混ぜて、冷暗所に置きさ」

「それは何で御座います」

「用時《ようじ》振蕩《しんとう》すればあんな味の三鞭酒が出来る」

「水薬《すいやく》の注意書きですね」

「学生が飛行機の練習をしていた当時の話ですけれどね、時間の来た発動機は分解手入れをして、それを又組み立てて出来上がると、その度に進空式をするのです。進空式には飛行機の翼に三鞭酒をぶっ掛けるので、成《な》る可《べ》く安い三鞭酒を探しましたが、安いのだって何しろ三鞭酒ですから、みんな振り掛けてしまうのは惜しいから、ほんの形だけの事にして、後はこっちで飲むのです。それだってこないだの狗爵舎の三鞭酒よりはましでした。元来狗爵舎がけちだから、あんなまずいのを持ち込むのです」

「おいおい、変な事を云うな。まずかったのは事実だが、それは飲んで見てわかったのだ。まずいと思って持って来やしない」

「思っても、思わなくても、あれはまずかった」と五沙弥も口を出した。

羅迷が調子づいて、「今度は本当のうまい三鞭酒を買って来い」と云った。

「この節売ってるかい」

「どこかで売ってるだろう」

「高いだろうね」

「そりゃ高いさ、三鞭酒だもの」

「そんなお金は有りやせん」

「それ見ろ。だからお前はけちだと云うのだ」

「お金が無いのがけちか」

「お金は有る様にでも、無い様にでも、どうにでもなるさ」

「そんなものかね。だが僕等の様な貧乏人はその融通がつかないよ」

「一寸待った」と五沙弥が云った。「狗爵君がお金がないと云うのは、それでいいが、僕もそれはそうだろうと思うけれどだ、しかし、僕等の様な貧乏人と今云ったね、その一言は聞き捨てならん」

「なぜですか、先生」

「不都合な失言だ」

「どうしてです」

「君は貧乏人ではない」

「しかし本当に僕はこの節お金に不自由しています」

「だから、お金はないだろうと思う。しかし狗爵は依然として金持だ。我我とは丸で話が違う。金のない金持だ」

「そんなのがありますでしょうか」

「あるよ、現に君がそれだ」

「しかし先生、お金がなければ矢っ張り貧乏です」

「君、貧乏と云うものを、そう手軽に考えてはいかん。貧乏と云うのは、立派な一つの身分だ。君如き輩《やから》が差し当りのお金に窮したからと云って、すぐに貧乏人面をしようと云うのは、分を知らざるの甚《はなは》だしいものだ」

「へえ、いけませんですかな」

「金がないと云うだけじゃないか」

「そうなのです」

「金がなくったって、金持は金持だ」

「解りませんな」

「貧乏人が金を持ったって、貧乏人は貧乏人だ」

「はあ」

「貧乏人がお金を持っていると云うだけの事だ。金持顔をしたって、だれも相手にしない」

「はあ」

「それとおんなじ事だ。金持がお金がないからって早速貧乏人の仲間入りをしてさ、いっぱしの貧乏人面で世間を歩こうと云うのは心得違いだ」

「少し解った様な、ますます解らん様なお話です」

「狗爵舎の成貧根性《なりひんこんじょう》で、解った事が解らなくなるんだよ」と羅迷君が口を出した。

「お前はだまってろ、貧乏人の癖に」

「狗爵君、よく気を落ちつけて僕の話を聞きなさい」五沙弥が話し出した。「僕の郷里の生家の裏に、海王寺屋と云う旧家があった。代代の紺屋だったのが世の変遷につれて家運が傾き、一旦そうなると内部からも色色の凶事が続いて、いよいよ衰微して来たのが僕の子供の頃だ。脊の高いおじいさんがいたんだよ。紺屋の庭には綺麗な芝生の干し場があるから、よく遊びに行ったが、そんな時にしょっちゅうおじいさんを見掛けたから顔も覚えている。その内に一家が離散し出したのだね。段段に人がいなくなって、仕舞にはおじいさん一人きりになった。その時分はもうひどい零落で、おじいさん一人のその日の暮らしにも困った様だったそうだが、旧家ではあるし、又いおじいさんだったから、近所でお気の毒だと云っている内に、暫らくするとおじいさんの姿が見えなくなったので、近所の者が行って見たら、おじいさんは死んでいたと云うのだ。ところがそれがただの死に方でない。餓死なのだそうだ。先祖代代の自分の家の中で餓え死にしてしまったのだよ」

「先生、どうしてそう云う話をなさるのですか。僕は聞いててつらくなりました」と狗爵舎君が云った。

「うん。しかしまあ聞きたまえ。それだけの話ではないのだ。おじいさんは一人ぽっちで、食べる物がなくなって、お金もなくなって、なんにも買う事が出来ないから、じっとしていて餓死したのだ。全くお気の毒な話なのだが、しかし近所の人が行って見ると、枕許の箪笥には古い著物《きもの》が一ぱい詰まっている。まわりには色色の家財道具がその儘残っていて、床の間には置き物もあるし、近所の貧乏な人の目で見ると、金目の物がどっさりあるのだそうだ。それでおじいさんは餓死している。お金がないから、何も買えないから餓死したのだが、無いのはお金だけだ」

「ああ、そうですか」と狗爵舎が深い声をした。

「ただ、おじいさんは、著物を質屋へ持って行くとか、古道具屋を呼んで来て、そこいらの物を売り払うとか、そう云う事に気がつかなかったのだ。或はおじいさんには出来なかったのかも知れない。事によると、そんな事は丸で知らなかったかも知れない。貧乏人の目から見れば、いくらもお金になる物をその儘にして、その中でお金がなくなって餓え死にしたのだよ。金のない金持の狗爵舎君、世の中の変遷と云うものは何度でも繰り返して来る。解ったかい」

第九

退屈入道の五沙弥にも遠い悲哀があると見える。息子が死んでから十三年経ったと云うので、その時引導を渡して貰った坊主を呼んで来て酒を飲み出した。坊主とは雖《いえど》もこの節の事だから、頭に短かい毛が生えているが、その地が大分光沢を帯びて来ているので、自分で円めるまでもなく、自然が成せる天然坊主になるのはそう遠い事でもあるまい。今のところは禿げ未《いま》だ到らざる未然の円頂に洋服を著用《ちゃくよう》して、洒落《しゃれ》たネクタイを締めている。

この未然和尚は格式の高いお寺の住職なのだが、若い時に学校で五沙弥から独逸語を教わった因縁がある。それで外の連中と同じく五沙弥を先生と呼んでいる。十三年前に五沙弥の息子が早世した時、手伝いに来ただれかがお寺へ電話をかけて頼んだので、未然和尚は伴僧をつれてやって来た。五沙弥はその時一寸棺のそばを離れて外出していたが、間もなく帰って来てそこに坐り、挨拶すると和尚が怪訝《けげん》な顔をした。「先生ではなかったのですか」と云って五沙弥の顔を見た。「お棺の中はてっきり先生だとばかり思って居りました」

吾輩が鴉の勘公の水甕《みずがめ》に落ちていた間の話だが、そう云う事があったのだそうである。

死んだ仏に十三年が廻《めぐ》り来た以上、五沙弥も未然和尚も生きて同じく十三年を過ごした勘定になる。

「先生はいつ迄もお元気ですね」

未然和尚が片手に猪口《ちょこ》を持った儘、坊主に有り勝ちな据わった目つきで、五沙弥の顔をしけじけと眺めながら、云った。

「そんな筈はないのだが、と云う風に聞こえるぜ」

「まさか」

「猊下《げいか》も変らないね」

「いや、もう峠を越しました」

「尤《もっと》も君の歳で変らなければ、育っていないと云う事になる」

「もう育つ歳ではありません」

「ふけていないと云う可きなのかな」

「いえ、すっかり、ふけました」

「いやいや、猊下はふけた風ではない。しかし若くも見えない」

「まあ一ついかがです」

未然和尚が銚子を持って五沙弥にお酌をした。不器用な手つきで、危《あやう》くこぼれる所であった。お膳の上には電気がついているけれど外はまだ明かるい。低くかぶさった雲が西の空で切れて、黄いろい夕日が斜に庭木の幹に射している。

「若くもないし、ふけてもいない。その曖昧なところが僧徳の致すところだろう」

「いや、どうも」

「商売柄なのだね」

「困りましたね、商売ではありませんが、構いませんけれど、弱ったな」

「商売と云ったのは、職業のつもりだよ。職掌柄と云えばもっと穏当だったかな」

「いいです」

「昔、僕の遠縁の家の悴《せがれ》に陸軍士官学校の生徒がいて、士官候補生だね、そいつが遊びに来た時、君なんかの職業はと云ったら、怒ったぜ。屹《きっ》となって、軍人は職業ではありませんと云い返して、ぷんぷんしてたよ」

「坊主と軍人を同列にされちゃ叶《かな》わないな」

「そう云えば似た様なところもあるじゃないか」

「まあまあ、一つ」と云って未然はまた銚子を取り上げた。吾輩が傍で聞いていると、五沙弥が五沙弥流に相手をたぐり寄せようとすると、和尚はつるりと擦り抜ける様に思われる。

「しかし猊下もあわて者だな。十三年前に僕と悴を取り違えたなぞは」

「はあ」

「おやじと息子を取り違えるだけでなく、生きてる者と死んだ者とを混同するんだから、通り一片のあわて者ではない」

「先生それは、先生が生きて居られてそう仰しゃれば、そんな様なものですけれど、あの時そう思ったのは常識ですよ、先生」

「常識って、なぜ」

「電話で頼まれて、よく解らなかったのですけれど、解らないなりに察しれば先生だと思いますよ、だれだって」

「そうかね」

「そりゃそう思いますよ、聞いて御覧なさい」

「だれに聞くのだ」

「そうか、相手はいないのだった。十三年夢の如しです。薤上《かいじょう》の露、何ぞ晞《かわ》き易き」

「さ、今度は僕がお酌をしよう」

「はい、戴きます。露は晞《かわ》いて明朝更にまた落つ。人死して一たび去れば何の時か帰らん」

「そうだよ、行ったら帰って来ない。しかし行かなくっても、後戻りはしないから、おんなじ事だ」

「はてな」

「一本道だよ。ねえ、そうだろう」

「そんな風な事を申して居りますね。二河白道《にがびやくどう》なんてね」

「何だい、そりゃ」

「西の方へ歩いて行きますと、河が二つあるんだそうです。火の川と、水の川で、火河の瞋恚《しんに》の炎が道を焼き、水河の貪慾《どんよく》の浪が道を浸し、間の狭い道が中中通れないなんてね」

「いやだな、坊主は。人が折角こうだろうと思って話しかけると、すぐ陰陰滅滅《いんいんめつめつ》たる聯想へ持って行ってしまう」

「向うの岸から阿弥陀仏《あみだぶつ》が、お出でお出で」

「よせ」

「大丈夫だから、急いで馳け抜けろって」

「お釈迦様の口車には乗らないぞ。東京駅でも口車に乗せるんだね」

「向かって右の入口は、口車乗と書いてあるからさ」

「何ですか」

「なあんだ。まあ一つ、先生おあけなさい」

「いやに愛想がいいんだね。君の方が亭主の様だ」

「どっちだって、おんなじでさ。衆生《しゆじよう》本来ほとけなり」

「いいよ」

「水と氷の如くにて」

「いいってば」

「水を離れて氷なく、衆生の外に仏無し」

「まあ待ちなさい。そんなに早く廻っては駄目だ」

「今日のお酒が然らしめるのです」

「猊下はあの時、げろを吐いたんだろう」

「いつです」

「十三年前さ。後で、そら、みんなと何所《どこ》かへ行ったんだろう」

「何しろ遠き代の物語でして」

「あの時分から、いくらか手が上がっているのかね」

「いいえ、あれから今日《こんにち》に到るまで、酒杯を手にした事は一度もありません。ほんとですよ先生」

「これ、これ、出家が妄語《もうご》を弄《ろう》してはいかん」

「あははは、愉快愉快、さあ一つ、先生」

「うるさいウェイチング坊主だ」

「ボーイではありませんよ、もう」

「ボイじゃない、ボンヅだ」

「ボンヅと云うと、ああ、あの英語か。そんな気はしませんよ。先生は和文英訳は下《へ》手《た》だ」

「しかしね、こうして君とお酒を飲んでいると解る様な気がするんだが、十三年と云う年月は決して長くもないし、また短かくもないし」

「一念萬年、萬年一念。短かくもあり、短かくもなし」

「又お経かい」

「猫の独仙さんが、そんな事を云うじゃありませんか」

「そうかい。気がつかなかったね」と云って、五沙弥が有耶無耶《うやむや》な顔をした。

「十三年はいいですね。今度はいつが又十三年でしょう」

「解らん事を云う和尚だ」

「将棋の無駄口に、ははは、ははあ、母の十三年と云うのがありますね」

「推古天皇の十三年を知ってるかい」

「知りませんね」

「小野の妹子《いもこ》を隋《ずい》国に遣わされたのだ」

「はてな」

「妹子は女ではないよ。口髭を生やして、頤鬚《あごひげ》を垂らして、おっかない顔をしたおやじだぜ」

「写真があったわけじゃないでしょう」

「本当だね。しかし写真版で見たんだ」

「おかしいなあ。まあ女でない事が解ればいいです」

「本当だよ」

「推古天皇の御代の話なら、年代は知りませんけれどね、本多善光《よしみつ》が大阪へ来ましてね、阿弥陀《あみだ》池《いけ》の傍を通ると」

「大阪だって」

「難波《なにわ》の堀江です。すると池の中に蓮が生えていて、蓮の葉に露がたまって、きらきら光っている」

「お天気がよかったんだね」

「どうだか知りませんが、池の傍を通り過ぎようとすると、よしみつ、よしみつ」

「どうして、そんな妙な声をするのだ」

「名前を呼ばれて、振り返って見れば、蓮の葉の露だと思ったのは、阿弥陀如来《あみだにょらい》の小さなお姿です。蓮の葉に乗って、金色《こんじき》の光りを放たせ給う」

「今の変な声は阿弥陀仏の声色《こわいろ》なのか」

「善光《よしみつ》がその小さな阿弥陀仏を背中に背負って行って、信濃の国に安置しました。それが善光寺の始りですよ、先生」

五沙弥が箸の先でお皿の縁を叩き出した。

「身はここに、
　心は信濃の善光寺、
　みちびき給え弥陀《みだ》の浄土《じょうど》へなんまみだぶ、
　なんまみだぶ、なんまみだぶ」

「驚いたな、先生は御詠歌を知ってるんですか」

「御詠歌に限らず、音曲《おんぎょく》なら何でも知っている」

「再び驚かざるを得んな、御詠歌が音曲の内ですか」

「節《ふし》があるんだから、いいじゃないか」

「讃美歌はどうです」

五沙弥が図に乗って奇声を発した。

「みいさかえは、あ、世世にあれ、え、救いの道からは」

「先生、もういいです。頭の毛が一本立ちになりそうだ」

「救世軍だよ」

小さなお神さんが、時時顔を出して、銚子を代えて行った。そうして相手にならずに、さっさとお勝手へ引き上げる。和尚にも五沙弥にもその方が好都合らしい。吾輩は、毎度の事ながら、已《すで》に呆れているのだが、別に所在もないから、横に坐って二人の献酬を眺めている。初めに未然和尚の膝へ上がりかけたけれど、坊主は何となく物騒だからよした。

五沙弥が急に落ちついた調子で云った。

「和尚に間違えられてから、あれから十三年、一本の道を真直ぐに歩いて来たつもりだが、まだ手が届かない」

「成る程」

「道草を食ったわけではないし、勿論後戻りなんか出来ないだろう」

「さっきそんなお話しがありましたね」

「ちゃんとそっちを向いて歩いてるつもりだが、中中遠い」

「急ぐ事はありませんよ」

「その内に猊下の顔を立てるから」

「どう云う顔です」

「何さ、間違いでない様にするから、もう少し待ちたまえ」

「どうぞ、どうぞ」

「張り合いのない和尚だな」

「お気まかせでさあ」

「その節は頼むよ」

「畏《かしこ》まりました」

五沙弥がぷっと吹き出した。「狸坊主、さあそのつもりで一献しよう」

西の雲の切れ目から洩れた残照の照り返しで、障子の外に黄色い明かりが射し、内側から照らしている電気の明かりと妙な競り合いをしている。

お膳の前は障子を閉めているが、打ち抜いた隣り座敷の障子は開けて風を入れる様にしている。吾輩はそこから縁鼻に出て、伸びをした。夕風が髭に渡って、鼻のまわりがくすぐったい。

何だか仲間の声がする様だから、戸袋をがりがりと登って廂《ひさし》に上がり、向うの方を見て見ると、杓子坂《しゃくしざか》の小判堂が、隣りの屏からうちの屏へ渡って来るところであった。

吾輩が厢に出ているのを見て、急いで屛から板壁を攀じて傍へやって来た。

「五沙さん、今晩は」

「さっき何か云ったのかい」

「いられるか、どうかと思って、隣りの屛で鳴いて見たのです」

「どうもそうだと思った。何か用かね」

「用と云う程ではありませんが、晩の御飯を済ましたものですから」

「もう済んだのか、早いね」

「うちはいつでも晩が早いのです。それはいいですけれど、毎日日《ひにち》、かつぶしの御飯ばかりでうんざりです」

「鰹節問屋だからお手の物だろう」

「五沙さん、人間て全く得手勝手なものです。僕には鰹節ばかり宛てがっておいて、自分達はと云うと、お刺身だの洋食だの、いや天麩羅《てんぷら》だの」

「そんな事を今更《いまさ》ら云い立てても始まらないだろう」

「人間が自分に都合のいい様な誤解をしているのです。何の反省もなく、自分達が猫を飼って食べさしていると考えるのですけれど、そうとばかりは限りませんやねえ」

「そりゃそうだ。猫には猫の云い分がある」

「我我の都合で、我我の自存の為に人間を働かしてあるのです。僕の所で云えば、僕の利益の為に主人は引き続き鰹節問屋をやっているのです。主人が鰹節問屋をやるに必要な色色の条件が備わって居りますが、それがみんな一つずつ、何を取って見ても僕が猫として自主的に存在する上に必要な事なのです」

「そうだ、そうだ」

「五沙さんの所では、御主人が何をしていられるのか知りませんけれど」

「それは中中解りにくいね」

「それならそれで、そう云う環境が五沙さんの為に備わっているのですから、同じ事です。解り易いのは勤め人の家庭でしょうね。朝起きると主人はあわてて御飯を掻き込んで、洋服を著て靴を穿いて、役所なり会社なりへ行くでしょう。毎日同じ様にあわてて、同じ順序で支度をして出掛けるのです。主人としては、そうする事に将来の希望があり、色色と自分の心に描いた目的につながるのでしょう。それは人間の自由です。何とでも考える事は、勝手に考えさしておけばいいのです。猫から見れば、人間のそう云う行動と思考の一切を引っくるめて、その家にいる猫の為の営みである。猫が主人を役所へ行かせる。時間に遅れない様に急がせる。夕方になれば一日の勤めを終えて、電車で揉まれて、猫のいる吾が家へ帰って来る。お疲れでしょう、御苦労様でした、と奥さんが考えるかも知れないし、考えないかも知れない。考える事も考えない事も引っくるめて、猫が承知しているのです。廂の上か縁の下で気配を察していれば、人間は自分の意志で動いているつもりで動いています。その人間のつもりが、猫のつもりであると云う事に人間は気がつかないのです」

「そうだよ、それでいいのだ」

「だから、じれったいです」

「気がつくも、つかないもない。君の云い分じゃないが、そのどっちも引っくるめて、猫が承知している。猫の知った事であって、人間の知った事ではない。それで、その儘でいいんだよ」

「そうか知ら」

「君は若いから、そんな風に思うのだよ。事新らしく荒立てる必要はない。人間は人間、猫は猫、そう云う顔で澄ましていればいいのだ」

「僕はこの次の猫協議会に議題として持ち出そうと思ったのです。それで先ず五沙さんにお話ししたのですが」

「議題にして何を協議するのだ」

「猫の主体性に就いて、と云うのです。主体性の確立が目標なのです」

下の座敷で五沙弥が頓興《とんきょう》な声を立てた。

小判堂が不思議がって、

「何事です」と云った。

「主人が坊さんを呼んで来て、お酒を飲んでるんだよ」

「猫が飲ましていると云う事を知らないのでしょう」

「ほっとけばいいんだ。おい、暗くなって、そろそろ物騒な時刻だよ」

雲の切れ目に懸かっていた夕日が沈んで、急に辺りが暗くなった。我我に取って、暗い事は一向構わないが、日外《いつぞや》鍋島老から注意された猫釣りの危険がある。

「本当だ、失礼します」

「気をつけて行きたまえ」

がりがりと板壁を伝って、暗くなった屛の上に小判堂が飛び降りた。吾輩も廂を降りてもとの座敷に這い込むと、いつの間にか飛騨君が来て、二人の間に割り込んでいた。

「そうですか、和尚さんですか。そうは見えませんね」と云って、飛騨君は失礼らしく未然和尚の顔を覗き込みながら、にこにこしている。

「どうもそうだと思った。君はお酒を飲んで来たんだな」と五沙弥が、面白そうな飛騨君の顔を見て云った。

「何、途中、ほんの少しです」

「酔って来ちゃいかんと云ったじゃないか」

「酔ってなんかいませんよ、先生」

「いやいや、酔っているらしい」

「そうか知ら」

「仮りにだね、仮りにだよ、仮りに君が酔っていないとしても、僕が酔っている。又かたじけなくも猊下が酔ってる」

「はあ」

「初めから一緒に酔うならいいが、人が酔っているところへ、中途から這入《はい》って来るのは、これは礼儀でない」

「ええとですね、そうだとすると、僕も酔ってた方が礼儀の様な気がしますけれど」

「それはそうだ」

「少し酔っているかな」

「いや、しかしいかん」

「どうも先生の方針がはっきりしていないから、弁疏《べんそ》するのが六ずかしいです」

「先生、この新仏《しんぼとけ》はどう云う方ですか」と未然和尚が尋ねた。

「これはね、人事院のお役人さ。それがどろどろと化けると当世流行の小説家になって、里風呂《りぶろ》と号する」

「これはお見それした」と云いながら、未然が例の据わった目附きで飛驒君の顔を真正面から見据えた。「しかし、打ち見たるところ、お役人とも小説家とも見受けられませんな」

「小説家や役人にきまった型があるかい」

「それは存じませんけれどね、小説家や役人でないものに見えるから、小説家にも役人にも見受けられないのです」

「おかしいね、どうも坊主の理窟はつかまえにくい。おい里風呂君、君が何か変な物に見えるってさ」

「いいです」と云いながら飛驒君は手酌《つか》で飲んでいる。「僕は何でもいいです」

「本人が何でもいいなら、僕は勿論差し閊えないから、そうすると和尚だけの事に帰する。それなら和尚が里風呂を蛸《たこ》に見立てようと胡瓜《きゅうり》と間違えようと、その他天地萬物、何と取っ換えても異存はない。猊下の御自由で、和尚の勝手だ」

「そうではないんですよ」未然が五沙弥と里風呂にお酌をしながら云った。「そんな変な物に見変えるわけじゃありません」

「僕は何でも構いません」

「君はだまっていたまえ。君に関係はないんだ。それで、何だと云うんだ」

「何でもないのです。僕が昔から懇意にしている手妻師《てづまし》がありましてね」

「手妻だって」

「里風呂さんの顔を見たら、その手妻師を思い出しまして」

「なぜ」

「さあ、似てるんでしょうね」

「僕は何でも結構です」

「手妻師はお役人にも小説家にも見えませんものね」

「僕は手妻でいいです」

「何を云ってるんだ。酔っ払いにこう云う話の理路は辿《たど》れやしない」

「はあ、何、結構です」

「しかしね、猊下、里風呂は手妻は出来ないと思うけれど、奇蹟があるんだよ」

「ほう、奇蹟がね、天主教ですか」

「僕のとこから帰って行ったのさ、晩に寄ってお酒を飲んで行ったのだ。中央線の電車で里風呂の家は高円寺だから、下りの電車だろう。それで里風呂が高円寺の駅で降りたら、上りのプラットフォームに起っているのだそうだ」

「はてな」

「こちらから下りの電車で行った筈なのに、どこか向うの方から上りの電車で帰った事になったのさ」

「それでどうしました」

「どうしましたって、間違いなく高円寺の駅に帰っているのだから、それでいいのだが、ただプラットフォームが上りと下りと逆になっていると云うのだ」

「酔っているのでしょう」

「お酒を飲んで行ったのだから、酔っているには違いないが、本人は自分の駅を間違えずに降りているのだからね」

「乗り越したんじゃないかな」

「僕もそうだろうと思うんだけれどね」

「うそですよ、先生、乗り越したなら乗り換えなければ帰れないでしょう。後になってそんな難題を吹き掛けられると、困ってしまう」

「おかしいな、しかしそんな事もある様な気がしますね」

「そうでしょう、ねえ和尚さん。酔った酔ったと云われますけれどね、酔ってなくても、あの辺には狸がいるんです」

「ほう、狸がね」

「僕は化かされやしませんけれど、プラットフォームが狸だったらどうします」

「その上に降りるだけの事でさあ。それでいいんだねえ、里風呂先生、あなたの冒険譚が僕には解って来た。元来上りも下りもあったもんじゃないよ」

「僕はどっちだっていいんです」

「本来東西無し。南北いずれの所にか在る。こりゃこりゃだ」

「飛んでもない生臭坊主だ。難有いから里風呂君も死んだら、おがんで貰え」

「お願いします」

「引き受けた。しかし僕より先に往ってくれないと始末が悪いな。その辺はどうだろう」

「僕、どっちでもいいです」

第十

ソクラテスのダイモニオンと云うのは小さな悪魔だそうであるが、尤も悪魔の悪の字は適切でないかも知れない。悪くはない魔物であり、霊であり、神的な存在である。だから目に見えない物であり、従ってつかまえて、どのくらいの大きさかと云う事を確かめるわけに行かないから、小さな悪魔と云うその小ささをきめるのは六ずかしいが、猫の半分より、もっと小さいらしい。それがソクラテスの毛の生えた耳のうしろから、ソクラテスに向かって「否」と云う返事をする。否としか云わないそうで「然り」と答える事はないと云う話である。

ソクラテスはその小さな悪魔のダイモニオンを飼っているわけではないが、ダイモニオンはソクラテスの行住坐臥《ぎょうじゅうざが》、造次顚沛《ぞうじてんぱい》にもソクラテスを離れない。ソクラテスが大切な道徳上の判断に迷い、あらゆる思慮を尽くしても、まだ自信のある決定が得られない時に、ダイモニオンに相談する。それでいいと云う時は、ダイモニオンはそうだとは云わない。いけない時に耳のうしろで「否」と答えるのである。

五沙弥は独逸語教師であったから、ダイモニオンを独逸風にデモニオンと云っている。吾輩が鴉の勘公の水甕《みずがめ》から這い上がってこの方、吾輩は造次顛沛も五沙弥の傍を離れなかったが、行住坐臥の行住の方はそうは行かない。出不精《でぶしょう》の五沙弥と雖も、たまには何処かへ出掛ける事があって、その間お留守居をしている吾輩には、出先の五沙弥が何をしたかは丸で解らない。ソクラテスのデモニオンの故智《こち》に祖《なら》い、吾輩は五沙弥のネコニオンとなって、五沙弥が何処を出歩いても、いつも五沙弥と偕《とも》にある事にしようと思う。原典の「猫」では吾輩は徹頭徹尾、写生文主義の信条に遵由《じゅんゆう》したから、吾輩の直接見聞しない苦沙弥の出先の言動を記述する事はしなかった。止むを得ない場合は苦沙弥の日記によって間接に読者に紹介したのであって、「寒月と根津、上野、池の端、神田辺を散歩。池の端の待合の前で芸者が裾模様の春著をきて羽根をついて居た。衣装は美しいが顔は頗《すこぶ》るまずい。何となくうちの猫に似て居た」と云う如きがその一例である。

当時の吾輩はまだ若くて、経験も浅かったが、已《すで》に劫《こう》を経た今日、行尸走肉《こうしそうにく》の五沙弥に侍《じ》してそのデモニオンのネコニオンとなり、行屎送尿《こうしそうにょう》、いつも一緒にいてその言動を観察する事になれば、いよいよ以って吾輩の蘊蓄《うんちく》を高め、更に人間の生活に対する理解を深くする事になるだろう。しかし、そうして須臾《しゅゆ》も五沙弥から離れないとしても、五沙弥風情《ふぜい》が道徳的行為の判断に就いて思慮をめぐらすなどと云う場合がある筈もないから、ネコニオンなる吾輩が意見を問われて忠告を試る事もないだろう。もし何か下らない事に思い迷って、いらいらし出した様な時は、ソクラテスのデモニオンが耳のうしろで「否《ナイン》」と囁《ささや》く如く、吾輩は五沙弥に向かって、「ニャン」と鳴いて、何でもいいから否定の返事をしてやろう。

五沙弥がさっきから、そわそわしている。いい歳をして、よばれて行くのがうれしいのである。朝の内に、馬溲撿挍《ばしゅうけんぎょう》から使が来て、今夕一献いたしたいから、お差閊《さしつかえ》なかったらお出掛け下さいと云った。

まだ夕方には間があるのに、五沙弥は我慢が出来なくなって、小さなお神さんを呼び立て、あわてた様に支度を始めた。そんなに飛んでもなく早く行ったら、向う様が迷惑なさる計《ばか》りだ。いくら早くから出掛けても、帰りはいつもの通り遅くなるに違いないから同じ事ではないかと、お神さんが頻《しき》りにブレーキを掛けようとするけれど、五沙弥は耳を仮《か》さない。どうせ出掛けなければならないとすれば、その前のこう云う時間は何も出来るものではない。便便として時の経つにまかせた挙げ句に、あわてて馳け出すなどは愚の骨張《こっちょう》だ。時間と云うものは、そう云う風に無駄にす可《べ》きではない。こうしていても何も出来ないときまったら、あわてない内に出掛けた方がいいんだよ、と変な理窟を列《なら》べながら、已《すで》に大いにあわてている。

ワイシャツを著《き》て、縞ずぼんを穿いた。フロックコートに穿く縞ズボンだが、三十年前に人からお古を譲って貰ったのだそうで、膝が抜けて、抜けた所につぎを当てて縢《かが》ってある。もう時候が暑いのでチョッキは省略して、ワイシャツの上へじかに黒い上衣を著た。この上衣も貰い物であって、もとの持ち主は田舎のお医者なのだそうだが、診察の時の為なのだろう、両腕が馬鹿に細くて、五沙弥が手を通す時は窮屈そうである。前の釦《ボタン》は旧式に三つ附いている。縞ズボンにその上衣を羽織り、前を合わして釦《ボタン》を掛けると、曰《いわ》く附きの代物《しろもの》ばかり著ていても一通り恰好がつく。腕が変に細いのが却ってハイカラの様でもある。

五沙弥は身支度する間も何となくいらいらして、著て仕舞うと忙しそうに方方のポケットへ手を入れたり出したりした。それから玄関に出て、枢密顧問官か倫敦《ロンドン》の市長が穿く様な深護謨《ふかゴム》の靴に足を突っ込んだ。帽子の代りに蝙蝠傘を持って、出かけようとする。

「傘はもういらないでしょう」とお神さんが云った。

「まだかんかん日が照ってるじゃないか」

「そうね」と云って、お神さんが外を眺めた。「だから、矢っ張り早過ぎるんだわ」

「何、間もなく暗くなる」

「そうしたら、傘はいらないでしょう」

「それまでの間がいるんだよ」

「お天気がいいのに、雨降りの傘をさして、人が気違いかと思わないか知ら」

「蝙蝠傘と云うものはそうした物ではない。番傘をかついで歩くのとはわけが違う」

「第一邪魔でしょう」

「帰りはステッキの代りについて来る」

「蝙蝠をステッキ代りにつかれては堪らないわ」

「兎《と》に角《かく》行って来るぜ」

これからがネコニオンとしての記述である。

五沙弥は大股《おおまた》に歩いて、道幅の広いだらだら坂を登って行った。登り切ったところで、今まで畳んだまま振り廻していた蝙蝠傘を持ちかえてひろげたが、西に傾いた夕日が斜に射して来て、五沙弥の身体一ぱいに当たっているけれど、当人は平気である。さした傘を得得と翳《かざ》して坂を降りて行った。馬溲撿挍《ばしゆうけんぎよう》の家の方角ではない方へ歩いている。お神さんが案じた通り、今時《いまどき》五沙弥の外に傘をさしている者は一人もいない。大分行った所に電車の停留場がある。そこで五沙弥は立ち停まり、物物しく蝙蝠傘を畳んで巻いたところへ電車が来たので、それに乗って一丁場走ったら降りた。今度は馬溲撿挍の家の方へ歩いている。三角形の二辺を行くのでなく、四角形の三辺を伝う様な遠廻りをしているのだが、ネコニオンには五沙弥の腹の中も解る。遠廻りをしても、間を電車にすれば、近道をみんな歩くよりは得《とく》だと考えているのである。

馬渋《ばしゆう》撿挍の家の玄関に起って、「こんちは」と云ったが、いやに小さな声である。それでも通じたと見えて、奥から奥さんが出て来た。

「おや、これはお早早《はやばや》と」と云った。

「あ、もうどうぞ、お構い下さいますな」

「ようこそ入らっしゃいました。さあさあ、どうぞ」

「もうもう、お構い下さいますな」

「お差閊《さしつかえ》なかったので御座いますか」

「いえいえ、どうぞもうお構い下さいませぬ様に」

五沙弥は日外《いつぞや》田舎から出て来た作久さんの口跡《こうせき》を真似ている。人には解らないから、馬渋夫人はあっけに取られて、

「どうなすったの」と尋ねた。

「もうどうぞ」

「早くお上がりになりません」

「お構い下さいますな」と云いながら、すたすた上がって行った。

「又どうしてそんな小さな声をなさるのでしょう」

「声の高いのは、うるさいものですからな」

「これはどうも」

「撿挍は何をして居られます」

「さっきからずっとお二階で、点字のタイプライタを敲《たた》いていた様でした」

「それはいい工合だ。だまってて下さい。僕もおとなしくしていますから」

「それでどうなさるのです」

「まだそこ迄しか考えていませんけれどね。いつ迄たっても撿挍が降りて来なかったら、こちらの苦心は水泡《すいほう》に帰するのだが、五沙弥さんはまだ来ないか、遅いじゃないかなどと云いながら、のこのこ降りて来たら、その足許でわっと破裂しようと云う、こう云う計略にして待ちましょう」

「降りて来るのを待っていらっしゃるの」

「暫らくの辛抱です。静かにして下さい」

五沙弥は一層声を低くしてそう云ったかと思うと、肩を竦《すく》め腰を曲げて、小さくなって煙草を吸い出した。

女中がお茶と菓子を薦《すす》めると、黙ってろと云う合図をして、ひそひそ声で、

「もうお構いなさんな」と云いながら、お茶を飲み、お菓子を食ってしまった。空っぽになったお皿をじっと見据えながら、また小さな声で、

「もうもうお構いなさんな」と云った。

傍で見ていた馬溲《ばしゆう》夫人が、

「まだ召し上がりますか。お宜しかったらどうぞ」と云ったが、

「もうお構いなさんな」と云って五沙弥はおとなしく膝に手をおいた。

二階で物音がして、そろそろと畳を擦る様な足音が伝わって来た。

五沙弥が、そらと云う顔をして、身体を竦め、小さくなって、廊下を隔てた向うに見える梯子段《はしごだん》の降り口を見つめている。馬溲撿挍が片手で壁にさわりながら、にやにやして降りて来た。

一番下の段まで降りたところで、

「五沙弥さん、よく入らっしゃいました」と云った。

五沙弥は片づかぬ顔をして黙っている。

「お早かったですね、もう日が暮れましたか」

「いや、まだ日がかんかん照ってるんだが、おかしいなあ」

手さぐりで這入って来て、五沙弥の前に坐った馬溲撿挍の顔を、穴があく程見つめながら五沙弥がきいた。

「どうして僕のいる事がわかったのです」

「隠れていたのですか」

「隠れるって、撿挍に姿を隠す必要はないのだが、おかしいなあ」

「どうもそうだろうと思った。何だかそんな気配《けはい》でした」

「二階にいて解ったのですか—」

「はてなと思っていると、あなたは息を殺していらしても解りましたよ」

「なぜ」

「煙草の煙が梯子段を上がって来ました。うちでは煙草を吸う者はいませんからね」

「ふん、そうだったのか」

五沙弥は憮然《ぶぜん》として多くを談《かた》らぬと云う風である。

「時に五沙弥さん、今日《こんにち》はよく入らっしゃいました」

「もうお構い下さいますな」

「なぜだか今日はあんな事ばかり仰しゃるんですよ」と云いながら、馬溲《ばしゅう》夫人は起って御勝手の方へ行った。

「まだ日が照ってるとすると、随分早くから入らしたんですね」

「それはね、撿挍、電車に乗って来たから早いのです」

「お宅から電車が利きますか」

「何、停留場のある所まで歩いて行けば、電車が走っています」

「却って遠くなるでしょう」

「遠くなっても電車は歩くより早いでさぁ」

「そうかも知れないけれど、何しろ五沙弥さんの計算は、はたの者には中中解りにくいのでね」

「なぜです」

「お金の計算もその調子なのでしょう」

「だれがそんな事を云いました」

「だれも云いませんけれど、私の勘で解る」

「あんな事を云ってる、撿挍は。撿挍のくせに」

馬渡夫人が顔を出して、「少し早いけど、お始めになりますか」と云った。

「よろしね」と云って撿挍がにやにやした。

「もうもう、お構い下さいますな」と云いながら、五沙弥は起ち上がって、馬渡撿挍の手を引っ張った。

「一寸一寸、待って下さい。何、うちの中なら単独飛行で大丈夫ですよ」

「あら、まだ出してはありませんのよ」

「お膳の前へ行って、坐って待っています」

「大変お急ぎなのね」

撿挍が起ち上がりながら、「家の中には電車がありませんからね」と云って、一人で歩き出した。

それを後から押す様にして五沙弥も廊下に出た。押しながら庭を見て、「いいお天気だ」と云った。

「そんなにいいお天気ですか」

「お酒の飲めそうな風が吹いている」

「どれどれ」

撿挍は手を差し出して、宙《ちゅう》を引っ掻き廻す様な恰好をした。「成る程、手にさわる」

「清清冷冷、大撿挍の雄風《ゆうふう》だな」

「それはどう云う事です」

「何、一寸胡麻を擂《す》ったのです」

「はてな」

座敷に這入って、五沙弥は上座に坐った。

「お客様だから、こちらでしょう」

「ええと、私は主人だからこちらでしょうと、こう坐って」と云いながら坐りかけて、
そこに出してある卓袱台《ちゃぶだい》の角に膝頭を打ちつけた。

「あっと、あぶない。どうも勘が悪いな」

「何、この卓袱台が日によって大きくなったり小さくなったりしますのでね」

「変な卓袱台だな」

「卓袱台に限らず、私なんかが、こうやってさぐって見るに、一定の大きさの物と云うものはありませんね」

「ほう、撿挍の家の物は伸びたり縮んだりするのですか」

「第一、この家《うち》だって、広くなったり狭くなったり」

「少し化け物屋敷だな」

「それを私がちゃんと押さえているから、化けさせやしません」

「それでしょっちゅう膝頭を擦りむいたり、柱におでこをぶつけたり、成る程ね」

奥さんと女中で御馳走を運んで、お銚子も来た。

「さあ、どうぞお一つ」

「もうお構いなさんな、じゃない、はい戴きますとも」

撿挍の杯にも注いだところで、五沙弥が杯を挙げて、「どうも、よばれて来ると云うのはいいな。僕は大好きだ」と云った。

「いいですね。本当によく入《はい》らっしゃいました」

「だから急いで来ました」

「わざわざ電車に乗ってね」

「まだ夕日が射しているのは気に喰わんな」

「まだ明かるいのですか」

「かんかんです」

「いけませんか」

「お酒の味にさわります」

「さてさて目明きにはこちらの知らぬ苦労がある」

「何、僕だって目をつぶれば夕日を消す事は出来る」

「やって御覧なさい。それで飲みっくらをしましょうか」

「やってもいいが、その前によく見ていろんな物を覚えておかなければ」

「ちょいちょい開けて、カンニングをしてはいけませんぜ」

「カンニングはしないけれど、目をつぶった間に、見ておいた物が大きくなったり、小さくなったりされちゃ叶わないな」

「手に持って見たら、急に杯が半分程にちぢまっていたりしてね」

「このお吸物の鼈《すっぽん》の卵が唐茄子《とうなす》程に大きくなって、お椀からはみ出していたら、一寸解りにくい」

「鼈の卵だけが大きくなって、お椀はもとの儘ですか」

「伸縮率《しんしゅくりつ》の原理は撿挍の方にあるのだから、その間《かん》の調節は僕には出来ませんね」

「何を云っていらっしゃるの」新らしく御馳走を運んで来た馬溲《ばしゅう》夫人が云った。「五沙弥さんのお酒は、初めの内いつも理窟ばかり仰しゃるのね」

「いや奥さん、僕の事は知りませんけれどね、お宅の撿挍は次第に劫《こう》を経て憎らしくなりました」

「まあ。うちではちっとも気がつきませんでした」

「左様で御座いますか。どうぞもうお構い下さいますな」

玄関の方で人声がしたと思うと、うん、五沙弥さんか、そんならいいんだよ、何、構わない、いいよ、いいよと女中を制しながら、取次ぎもなしにどたどたと廊下を鳴らして、いきなりそこへ顔を出したのは尺八の大家曇風《どんぷう》居士である。

「やあ、こんちは、馬溲《ばしゆう》さん。よう、これはこれはお珍らしい五沙弥先生、そうだな、いつだったかな。掛け違ってあれからお目に掛からないが、五沙弥先生はますます運勢がよくなって来ましたな」

五沙弥がうろたえて、「何、僕がどうしました」と尋ねる。

「あなたの相《そう》がととのって来た。これから運が開けて、お金も出来る」

「これは驚いた。丸で身に覚えのない事だ」

「身に覚えがないなどと、五沙弥先生それは違う。私の云うのはこれから先の事だ。それもそう遠い事ではない。もうじきあなたの運はぱっと開ける」

「はてな、本人はとんとそんな気がしないとこへ、虚《きよ》を擣《つ》いて突然運が開けたら、周章狼狽、度を失って怪我をするといかんな。今からよく気を配っておきましょう」

「それからお金がたまる」

「それは悪くないな」

馬溲《ばしゅう》撿挍が口を出した。

「曇風さんの前だが、その方はどうもちと怪しいね」

「しかしね、馬溲さん、運が開けるんだよ。だからひとりでにお金がたまる」

「そりゃ無理だ。萬一たまったら五沙弥さんにお気の毒だ」

「飛んでもない話だ、馬溲撿挍、僕はお金をためますよ。成る程そう云えば、曇風さんの云う通り、近頃手の平《ひら》がむず痒《かゆ》い」

「そうれ御覧なさい。一目見て、相《そう》で解る」

「どんな相だか知らないが、何しろお酒を飲んでるのでね。腹の中まで人相がよくなった様な気がし出した」

五沙弥は曇風に差した杯を催促して開けさして飲んでいる。

「曇風さんに会って得《とく》をした」

「本当だよ、五沙弥先生」

「段段僕もそんな気がして来た」

「そうでしょう」

「なんにもしないのに、運が開けると云う所が気に入った」

「しかしね、五沙弥先生、半信半疑はいけませんよ。なんにもしないのに、などと云うのは間違った考えで、そもそも運が開ける様にどうすると云う、そんな手段がある筈のものではない」

「成る程」

「運が開けてお金がたまると云うのも、私がそのお金を差し上げるのではないのだから」

「大変な所で駄目を押されてしまったな。その暁には、僕はだれにお礼を云ったらいいのだろう」

馬溲夫人が曇風の前に御馳走を列べかけたら、急にあわてて、

「いや、いや、一寸待って下さい。いや、僕はいいんだ。そうしては居られない。馬溲さんと放送の打ち合せの事で、そうだ、その打ち合せの打ち合せに来たんだ。それで用事は済むのだ。ねえどうしよう。打ち合せはいつにしよう。うん明後日でいいか。明後日の午後僕が来よう。それでいいね。さあ済んだ。これからまだ行く所があるんだ」と一人で喋《しゃべ》って一人できめて、五沙弥と馬溲にお酌をした。

「まあ少しやってから、いらっしゃい」と五沙弥が酌を返した。

「僕はいけないんでね。まあ一つ二つお相手だけしましょう」

「これでも曇風さんは昔から見ればいくらか行ける様になったのですよ」と馬渋《ばしゅう》撿挍が云った。

「何、僕か、そうなのだ。今でも少し過ごすとすぐに、かっかっして来てね。五沙弥先生だのこの撿挍だの、妙な物がお好きだと思うね」

「私はそんなに飲みませんよ。好きは好きだけれど」

「五沙弥先生程の事はないね」

「ただこうして、杯を持って、この気持が好きなのだ。何とも云われませんね」

「あれだ、撿挍は已《すで》に一人前だね。時にいきなり割り込んでしまったが、今日は何事だったのです、五沙弥先生」

「さあね。云われて見ると僕も解らない。兎に角お招きを受けたから、蓦地《まっしぐら》にやって来たのですがね」

「なんにも、わけなんかありませんよ」

「そうだな、お酒によばれるのに筋道はいらない」

「五沙弥さんのお相手をしていると、仕舞い頃には家じゅうが現《うつつ》へとへとになってしまうのですよ。しかし暫らく日が経つと、又一献と云う気になってね」

「皆さんがへとへとになる時分は、大概僕は記憶がないので、その場の御挨拶を申し忘れているに違いないが、今日も亦そんな事でしょうね、馬渋撿挍」

「どうぞどうぞ、そんな事はお構いなく。さあ一つ、私がお酌をしましょうか」

「これは椿事《ちんじ》だ。どうか無分別をお起こし下さいません様に。僕が代って、その御芳志をそっちの杯に注ぎ込みましたよ。あっと、もう一寸左」

「これはどうも、新手《あらて》の催促になりましたな」

「しかし撿挍、僕も歳を取りましたぜ。気が弱くなってね、昔だったら構わず注いで貰うところなんだが。引っくり返ればなお面白い」

「よろしかったら注ぎますよ」

「人が歳を取ったと云えば、嵩《かさ》にかかって来る撿挍だ」

「しかし五沙弥さん、歳を取った取ったと云われても、私にはその歳と云うものが見えませんからね」

「撫でて見れば解りますよ」

「何処を撫でるのです」

「下手《へた》を云って、僕の顔をお賓頭盧《びんずる》さんのつもりで撫でられては堪らないから、この件は有耶無耶にしておこう」

「そう云えば全く古いお仲間だな。昔から見ると五沙弥先生が歳を取ったと云われるのも理窟だよ、馬溲さん」

「理窟で歳を取りやしないけれど、まあいいや。曇風さん、撿挍が、そら、あすこの広い坂を登り切った所の小さな二階家にいた事があるでしょう」

「そうそう。あの家はもうありませんね」

「あの家の下の茶の間で、こう云う風に一献やってたんですよ。矢っ張り今頃の時候だったな」

「よく覚えていますね」

「覚えているわけがあるんです。往来に面した竹の格子の窓の傍で、撿挍を構いながら一杯やっていると」

「五沙弥さんは昔から意地が悪いので」

「しかし、僕はからかっているつもりなんだが、どうも僕の方がひどい目に会っていると云う事は珍らしくない」

「いやいや、そんな事があるもんですか」

「何の話をしていたかは覚えていないが、いい心持になりかけた時、いきなり窓の外で、しゃあっと云う大変な音がしたので」

「何事だったのです」

「それがね、曇風さん、酒盛りの最中でしょう。もう少し酔っていたから、こちらの気持が大袈裟になっているので、なおの事大変な音に聞こえたんだが」

「何なのです」

「不思議だから窓を開けて見たら、窓のすぐ傍で馬が大小便《おおしょうべん》をしているのです」

「ほう、馬がね」

「僕は馬の小便をあんなに近くで見た事は初めてだが、丸で瀧津瀬《たきつせ》の如き勢ですね」

「それはそれは」

「窓が低いから、繁吹《しぶき》がお膳の上へ跳ねかって来そうで」

「大変な話だな」

「奥さんが驚いてね、あわてて窓の障子を閉めたけれど、窓の外でその音は止まない。障子の紙に繁吹が飛んで来た」

「馬を追っ払えばいいのに」

「だってね、窓のすぐ前に電信柱があって、馬はその柱に舫《もや》っているのだから」

「馬が舫《もや》うと云うのはおかしいな」

「それはそうだな、馬子が繫《つな》いでおいて、どこかへ行った後の事件だと思う。窓の内側には大撿挍だの僕だのと云う高貴な身分のお方がいられるとは知らないから」

「それで馬の小便はもう済みましたか」

「やや暫らくの後、済みました。済んだのだろうと思う。音がしなくなったから。その間じゅう、すっかりそちらに気を取られて、前に杯をおいた儘、じっとしていたのは今思っても癪にさわる話だ」

「曇風さん、今の話は全くその通りでしたよ。私も覚えている。一体馬は一どきにどの位小便するものですかね」

「そいつは解らない」と五沙弥が云った。「解らないけれど、あんまり沢山するので、そこいら一帯が大水になるから自分の脚が濡れるので、気持を悪がって、爪立《つまだ》てしていますよ」

「そんなに溜めとかないで、ちょいちょいしといたら、よさそうなものだ」

「しかしね、撿挍、往来を通ってる馬が、馬糞を落としながら行くのはよく見受けますけれどね、馬が小便しいしい走って行くのは、僕はまだ見た事がないな」

「それだと自然たまるわけだな。馬は歩いたり走ったりしている間の方が多いだろうから」と撿挍が尤もらしい見解を述べた。

「さあ、そろそろお暇《いとま》しなければ」と云いながら、曇風は杯を舐めている。

「お引き止めするわけじゃないが、もう少しゆっくりしていらっしゃい」と云って、五沙弥がその杯に酌をした。

「しかし五沙弥さんも、あの頃から見ると、おとなしくなられたものです。今の話の家の二階で寝ていると、夜遅くなってから、どこかで麦酒《ビール》を飲んで酔っ払って来るでしょう。その時分の学生を何人か連れてね」

「撿挍、その話はもういい」

「いやいや、もういい事はありません。曇風さんまあお聞きなさい。寝ていると、いきなり二階の雨戸を棒の様な物でこつこつ敲《たた》くのです」

「五沙弥さんが屋根へ上がって来るのかね」

「こっちは思いも掛けないから、びっくりして目を覚ますと、その時分の私の作曲に三拍子を主にしたものがあったので、その真似をするんです。とんとんとん、とっとことんとんと敲いて、とてもうるさいんだ。近所の手前も恥ずかしいしね。しかしそれで五沙弥さんの悪戯《いたずら》だと云う事がわかるから、だまってじっとしていないと、うっかり起き出して雨戸を開けたり、何かこっちから云ったりすれば図に乗って、ますますうるさくなるのでね」

「驚いたね」

「うそだよ、曇風さん」

「後でわかったのだけれど、軒の下に渡してあった物干竿を引き出して、その先へステッキを括《くく》りつけて、それでステッキの握りで雨戸を敲いたんですよ」

「こりゃ面白いね」

「面白かありませんよ。一昔も二昔も前の事だから、今話せば面白そうだが、その時は困ってしまった」

「まあまあ撿挍、はい又お杯に注ぎましたよ」

「いやどうも恐れ入りました」

「も一つ続けていかがです」

「一寸待って下さい。それでね、曇風さん、要するに五沙弥さんはお酒の上で私を皺《しわ》苦茶《くちゃ》にされるだけでなく、実行に依り、実力に訴えて私をいじめるのです」

「聞きなりが悪いな、もうおよしなさい」

「いやいや、まだあります。私は見えませんけれどね、晩になって、暗くなっても玄関の外の電気がつかないと云って家《うち》の者が騒いでいるのです。前の晩遅くなって五沙弥さんがやって来て、きっと又学生を連れていたんでしょう、みんなに手伝わせてやった仕事に違いないのです。丁寧に外側の笠の捩《ね》じ釘をゆるめて外して、中の球を逆に廻して、ともらない様にしておいて、それから笠を掛けて捩じ釘を締めて、もとの通りにして行ったのです」

「あっしゃ、存じませんよ、撿挍」

「朝起きて見ると、うちのごみ箱が一軒おいた先の家の前へ歩いて行っていたり」

「あっはは、そりゃ面白い、愉快愉快」

曇風先生が急にかっかっして来た様な顔ではしゃぎ出した。

「みんな五沙弥さんの仕業《しわざ》なんだ。そうしておいて夕方頃、澄ました顔で五沙弥さんがやって来て、家《うち》の者が何か云うかと思っているらしいのだが、こちらも業腹《ごうはら》だから、しめし合わせて黙っているのです。五沙弥さんがしびれを切らして、何か変った事はありませんでしたか」

「こいつは面白いや」

「こっちも澄まして、いいえ、なんにも変った事って御座いませんけれど」

「あはは、少し思い出して、むずむずして来た」と五沙弥が云った。もう大分廻って来た様な調子になっている。「新らしく趣向して、又何かやるかな」

「あらあらあら」と曇風が云った。「もう、そら、暗くなりかけている。さあ行こう。遅くなった、馬溲《ばしゆう》さん御馳走様。五沙弥先生どうぞ御ゆっくり、今に運が開けますぞ。お金持になられたら、お邪魔に行くかな」

何か云いながら起ち上がって、廊下へ出しなに振り返り、「今これから訪ねて行く家《うち》が、丁度またお酒を飲んでたら、もう駄目だね」と云ったかと思うと、大股に廊下を蹈《ふ》み鳴らして行った。馬溲夫人があわてて出て来て玄関に送っているらしい。

「さあ撿挍、騒騒しい行行子《ぎようぎようし》が行った。これからしっぽりと、やり直しだ」

「あんな事を云って居られますな。仰仰《ぎようぎよう》しくても五沙弥先生程の事はない」

「おや、こりゃ勝手が違った居直り撿挍だ。目をあいて見ていても解らないから物騒だ」

馬溲夫人が玄関から戻って来て、そこへ坐ったかと思うと、又玄関で一しきり曇風の声がした。曇風さんが帰りかけたら、門の傍の郵便受にこれが挟まっていたと云って、引き返して下さいました。女中がそう云って馬渡夫人の前に葉書を置いた。

「蛆田百減《うじたひやくげん》さんからのお葉書ですよ」

「おやおや」と五沙弥が口を出した。「百減と云うのは文士でしょう。どう云うおつき合いです」

「私が作曲して手をつける歌を選んで貰いましてね。それが済んだから、こないだ家《うち》で一献したのです」

「ぶくぶくした大きなお顔の気むずかしそうな先生ですわね」

「あれは変な野郎です。文士の癖にお金をためてるそうだ」

「そうらしくも見えませんけど。お知り合いなんですか」

「何、僕のとこへ遊びに来る版画家から聞いたんですがね」

「おや、このお葉書、へんな事が書いてありますわ。片仮名で。読んで見ますよ。先便ノ御礼状デ申シ忘レマシタガ、ソノ節ハ又結構ナオ土産マデ戴キマシテ、御芳情誠ニ忝ク御礼ノ申シ様モ御座イマセン。当夜ハアノ通リツイ羽目ヲ外シテ酩酊イタシ、前後不覚ノ儘帰宅シマシタガ、オ土産ノ雀鮨ダケハ覚エテ居リマシテ家人ト共ニ早速賞味致シ、一粒モ余サズ片ヅケマシタ。ソノオイシカッタ事ハ翌朝酔夢カラ醒《サ》メタ後モ前夜ノ味ヲ想起シテ、食ベテシマッタノガ残念ナルノ余リ地団駄ヲ蹈ンダ程デアリマス。コウ云ウ風ニ申シマスト、コノ節ハ何故カ人ノ心ガヒネクレテ、疑イ深クナッテ居リマスノデ、又モウ一度雀鮨ガ貰イタイカラコンナ事ヲ云ウカト邪推スル人ガ御座イマスカモ知レマセンガ、ウマカッタ物ガ又食ベタイト云ウノハ之《コレ》ハ古来ノ人情デアリマシテ、人ノ云ウ事ヲ根性悪ク解スル人ノ有無ニ拘ラズ、ホシイ物ガホシイノハ止ムヲ得ナイカト思ウノデスケレド、ソレハ兎モ角、向暑ノ砌《ミギリ》御加餐ヲ祈リ上ゲマス匆々不乙」

撿校は杯を手に持った儘、にやにや笑っている。

「何でしょう、これは」

「おかしげなお葉書ですわね」

「もう一ぺん雀鮨をよこせと云ってるんだろうか」

「でも、そう云う風に考えるのは根性悪《こんじょうわる》だと書いてありますわ」

「五沙弥さん、どう思います」

五沙弥はふらふらし出して、身体が揺れている。

「そうだな、雀鮨がうまかったんだろう。僕も雀鮨が食いたいな」

「あら、まだ召し上がりますか。宜しかったら取り寄せますけれど」

「いやいや取り寄せたのでは駄目です。百減の食ったやつが食いたい」

「あんな無理を云い出した。もうその葉書はほっときなさい」

「でもこないだの晩のお礼状をおよこしになった後で、又更めてこんな事を仰しゃるんだから」

「奥さん、そんな心事の陋劣《ろうれつ》な奴の云う事を取り上げてはいかん」

「そうか知ら、私、根性悪《こんじょうわる》と云われてもいいから、お届けさせようかと思うんですけれど」

「よした方がいいでさあね、五沙弥さん」

「そうでしょうか」

「抑《そもそ》も鎌を掛けて来たと云う疑いがある。その手には乗りませんよ。そんな事をさせるものですか、あっしの目の白い内は」

「こいつは驚いた。大変な啖呵《たんか》を切られて、酔が一時に」と云いかけて、五沙弥がふらふらと起ちかけた。「酔が一時に、酔が一時にと、何だっけな」

「五沙弥さん、どうするのです」

「僕はこれから、蘭陵王《らりようおう》入陣ノ曲をおどる。いや、おどるのではない、舞うのだ」

「さあ大変だ。ここで舞うのですか」

「ただ舞うだけでは、僕はこの舞いで以って撿挍の霊を慰めようと云う微衷《びちゆう》なのだが、撿挍に見て貰うと云うのは無理だ。だから舞いの足拍子によって、その音のリズムで目《ま》のあたり彷彿《ほうふつ》させようと云うには、廊下を蹈み鳴らすに限る。畳の上では駄目だ」

五沙弥がふらふらと廊下の方へ出て行った。

「あら、困るわ」

胴間声で今様《いまよう》を歌い出した。「春のやよいの、あけぼのに」

それにつれて、変な風に爪立《つまだ》てする様な恰好で前へ進んだかと思うと、踵《かかと》をひどい勢で、どしんと廊下に蹈みつける。途端に、開け拡げて立て寄せた硝子戸が全部、がちゃがちゃと鳴った。五沙弥は図に乗って、又爪立てをして一足前に進み、「よもの山べを見渡せば」

「あらあら、又、いけないわ」と云ってる内に、踵で前よりもっとひどく廊下を蹈み鳴らした。

「花ざかりかも白雲の」

「硝子にひびが入ってしまうわ」

「かからぬ峰こそ、なかりけれ」そこで拍子を刻んで、どしどし、どしどしと大変な音をさせて歩き廻り、きりきり舞いをして手近かの柱につかまった。

座に残った撿挍がお箸を持って、そこいらのお皿や鉢を目くら滅法に敲《たた》きながら、

「ぴいるか、まんちゃん。ぴいるか、まんちゃん。ぴいるか、まんちゃん」とわけの解らぬ事を唱え出した。

吾輩はネコニオンとして、今日初めての一夕をここまで経験したが、もういけない。

五沙弥と一緒にあるからには、五沙弥がお酒を飲んで酔って来れば、吾輩も酔う。珍野苦沙弥家で、飲み残しの麦酒を自分で飲んで酔っ払ったのとは、わけが違う。おまけに、さっき五沙弥が蘭陵王を舞うと云って起ち上がり、きりきり舞いをした時から、吾輩の三半規管が狂って、そこいらじゅうがぐらぐらし出した。ソクラテスのデモニオンはこう云う時にどうしたか、吾輩膚学《ふがく》にして知らないが、かりそめにデモニオンを真似て飛んだ目に会った。これで五沙弥の酔いが明日に残り、それにつれて吾輩も呻吟《しんぎん》する事になれば、正真正銘の二日酔《カッツェン・ヤムメル》 Katzenjammer である。

第十一

鰐果蘭哉《わにはか》君から手紙が来た。五沙弥が開けて見ると、猫の写生文の様な事が書いてある。共産党らしく新仮名遣いである。

「さっきからネコを見ていた。主として頭と背が黒く、あとは白っぽい。純白でなく白っぽいのである。大きさは中くらいであった。オスで普通の男っぷりである。丁度ノビをしてそのまま横ったおしになったように、足をつっぱって投げ出し、ながながとねている。この頃ヤケにネコのことが気になる私は、ふと、タンスの真下にタタミにゴロねをしている彼の姿が眼について、それからずっと、もうかなり長いことみつめていたのである。いつか私は段段と腹が立ってきた。どういうわけか知らない。とも角不快な存在だと思えてきた。私も壁にもたれて足を投げだしていたのだが、不意に体を少しずらして片足でポンと彼の頭をけとばしてしまった。ビックリして彼は飛び起きた。ビックリしたような顔で私をみる。私はなおも片足で、また今度は立っている彼のアゴの辺りをねらって、ポーンとけりあげた。たしか低い声でニアンと言ったようだ。そして彼は一メートルばかり横飛びに飛んで、しかしたおれずにいて、二三度ブルブルッと首をふると、私にチラッと流し眼をくれて、モソモソ向うへ歩き出した。なんてまあバカなやつだろう。理由なくしてけっとばされ、少しも腹を立てず、と言って悟りきっているわけでもなく、あいまいな態度である。また向うの方でゴロッと横になった。私はなお更腹が立ってきた。大体私はネコにかぎらず、人間とても反応のないのは大キライです。愛には愛をもって答え、憎悪には憎悪をもって答えるべきで、坊主的態度は白痴か気ちがいだと思っている。私は激しく愛し激しく憎む。情に竿さして流れるにまかせる時が多い。私はどうにも制しきれなくなった。ネコが親の仇のように見えてきた。エエイこの野郎と思った。私は立ちあがって、つかつかと彼に近づき、思いきりけっとばして……しまおうとして、実はそのままかたわらにしばし茫然と立っていた。さすがに気がひけた。彼は全く無抵抗である。ペタリとタタミにへばりついて眠っている。私はチッと舌打ちして仕方なしにタタミをドンと強くふんだ。ネコは一寸頭をもたげ私をみてすぐにもと通りの姿勢になった」

五沙弥は読み終ると便箋を封筒に突っ込んで前に投げ出した。読んで損をしたと云う様な顔をしている。しかし吾輩は家に在ってはデモニオンのネコニオンを勤めてはいないから、五沙弥が読後、腹の中で何を考えているかは知らない。

二三日すると又蘭哉から手紙が来た。よこし出すと続け様によこすのは、蘭哉の癖である。

「この頃妙にネコが気になってしょうがない。よく遊びにいく従弟の家にネコがいる。従弟はいいかげんだが、未亡人の叔母は全く眼がない。一体に野良ネコは別として、家ネコは甚だゼイタク者である。魚類がくっついていないとメシを喰わない。飯は無論銀シャリである。その他はウドンやソバが好きで、パンもバタつきならそのついてるとこだけ喰う。私は時時叔母の家で小皿に盛られた彼の食事を、そして彼がきわめて落ちついて召しあがっているのをみると腹が立ってくる。人間は何故ネコに重大な食生活を保証してやらねばならないかと思う。ネズミを取るから? 西欧近代国にはそういう利用の仕方はない。可愛いから? しかしたいがいのネコは大人になったらちっとも可愛くない。むしろグロテスクであるか、うす気味の悪い存在である」

五沙弥はそこ迄読むと便箋から目を離して前にいる吾輩の顔をじっと見つめた。何を考えているのか解らないが、少し物騒だから用心している。

五沙弥はいい加減に便箋をめくって、途中から又読み出した。

「およそネコほど日本封建性のシンボル的動物はない。ネコが香箱つくる。ネコ板。ネコ舌。まねきネコetc。すべて反近代的なニュアンスがくっついている。第一に封建楽器のシャミセンからしてネコの皮ではないか」

五沙弥はふんと云った顔で便箋から目を離し、後は読まずに封筒へ突っ込んで傍へほうり出した。

二三日すると又手紙をよこした。今度のは「贋猫」第九に載った杓子坂《しゃくしざか》の小判堂と吾輩との対話を読んで書いたものと思われる。

「苦沙弥先生のネコ以来、大体ネコは少し生意気になってきた。男女同権ではムスメが少し生意気になってきた。そこへまた贋作が現れて、丁度日本がデモクラシーだかデタラメシーだかわけが判らなくなったように、ネコ一族は近頃のネズミ・インフレで人間がもてはやすのをいいことに、いい気になり過ぎている。カツブシ問屋のネコに至っては誠に言語道断という外はない。そもそもネコにカツブシ、ネコにマタタビ、相場はきまっているはずだ。何よりも人間と対等の如く考えて、にょうぜつをろうするのは大変な誤りである。このことは次の聖なる史的事実が証明する。アナカシコ、アナカシコ（アナーキーらいさんに非ず）エホバなる天地創造の神が六日間にてこの三千世界をつくりたもうたその頃の有名なルポルタージュ創世記をひもといてみよ。第二章六節エホバ紳士をもて野のすべてのケモノと空のすべての鳥を造りたまいてアダムの之を何と名づくるかを見んとて之を彼の所にひきいたまえり。アダムが生物に名づけたるところは皆その名となりぬ」

五沙弥はここ迄読んで、そこいらを見廻したが、そこいらになんにもないから自然吾輩を見ている事になる。何となく曖昧な顔をしているのは五沙弥が創世記だの旧約だのと云う事をよく知らないからで、あまり確かでない事にぶつかると、そう云う顔をするのは永年の教師生活で教壇の上の体裁を取り繕《つくろ》った習慣が残っているのである。

「どうだい。ネコよ。人間アダムが君たちの名附け親だ。思いをいにしえにはせ、そのめぐみを知りてケイケンな心にかえり、そのよく動く耳の、耳の穴をかっぽじって聞きたまえ。すべてのネコよ。ボク汝に告げん。諸君は人間に何を求むる権利もない。ただ義務だけがある。ネズミを取ることと、ネコじゃネコじゃを踊ることと、この上デモだのストだのサボなど、その他いっさいの不ていのふるまいは許さん」

「御免下さいまし」

玄関で風船画伯の蠟燭が消えかかった様な声がした。

五沙弥は蘭哉の猫に告ぐるの辞を、何を下らないと云う顔で読み、しかし、少しは面白がった様な顔にもなりかけているところへ風船の声がしたので、顔の筋が縺れて始末に困っている。

「お暑う御座います」と又云った。

小さなお神さんがあわてて玄関に出て、請《しょう》じている。

風船画伯が蚊帳の様な著物《きもの》を著《き》て這入《はい》って来た。

「先生さん、お暑う御座います」

「よく入らっしゃいました。暑いですね」

「おや、御勉強で御座いましたか」

「なぜ」

「書き物を御覧になりかけていた様で」

「何、勉強なもんですか。蘭哉の馬鹿が阿呆な事を書いて来たのです」

「蘭哉さんがね。暫らくお会いしませんな。いい方ですね」

「風船さんは蘭哉が好きなんだ。その内又やって来るでしょう。風船さんは暑そうな顔もしていませんね」

「いいえ、暑う御座いますよ。秋口の日ざしは土用中《どようなか》よりも強い様で御座います」

「しかし痩せてる人は身軽そうで、どてどてしない丈《だけ》でも得《とく》だ」

「そんな事は御座いません。暑いのがいきなり骨にこたえまして、私の様に痩せて居りますと」

「骨が熱くなると云う事はない」

「さわって見るわけには参りませんけれど、こうして居りましても、外の日なたを歩いた後は身内《みうち》がかっかっして居りまして、からだの心《しん》には骨しか御座いませんから」

「日向《ひなた》を跣足《はだし》で歩いて来たんじゃないかな」

「いいえ、道が灼《や》けて居りまして、とても跣足で歩けるもんじゃ御座いません」

「そうら、矢《や》っ張《ぱ》り足の裏で一寸さわって見たんだな」

「大丈夫で御座います、今日《こんにち》のところは。時に、暫らく御無沙汰をいたしましたが」

「そうでしたね。そう云えばこの前の時はいつだったかな」

「あれから後、私の身の上に色色の事が御座いまして」

「ほう、何事が起こりました」

「それがね、外の事と違いまして、縁談なので御座いますよ、先生さん」

「それはお目出度い。風船さんはもう随分の晩婚だから、僕なぞも心掛けておかなければならなかったのだが」

「難有う御座います。しかしこればかりは全く縁のもので御座いまして」

「相手はどう云う御婦人です」

「只今間借りをしている家の近くに電車の四ツ辻が御座いまして、それを越して少し参りますと、いえ交叉点で御座いますから、十字になった線路を斜に横切るので御座いますが、どっちからも電車が走って来て居らぬところを見澄まして渡れば、それは何でも御座いません」

「風船さんの縁談は道筋から始まるのかな」

「はい。それで向うへ渡ってまいりますと、あの辺はどう云うわけか八百屋が何軒も御座いまして、その中の丁度裏道に曲がる所の角の八百屋が八百八《やおはち》で御座います。八百八について曲がった裏道にその執達吏《しったつり》の家があるので」

「執達吏とは物騒な話だが、執達吏がどうしました」

「執達吏の娘さんなので御座いますけれど、先生さん、その裏道に犬が沢山居りまして、半分は野良犬じゃないかと思うのですが」

「困ったな、風船さんの話はとりとめがないので」

「それでも先生さん、私は犬がこわい性質《たち》で御座いますから。そちらへ行こうとすると、その中のどれかが私を見て吠えまして、そうするとみんなが揃って吠え出す様な事になります」

「成る程」

「執達吏の所にも犬が居ります」

「それは困った事だな」

「私は何も執達吏の娘でなくてもよろしかったのですが、矢張り縁と云うものなので御座いましょう」

「執達吏の娘さんは美人ですか」

「はい、私から申しては何で御座いますけれど、脣に一ぱい紅を塗りまして、こう云う工合に尖《とが》った靴を穿いとりまして」

「洋装美人だな」

「少し歳を喰って居りましたけれど、それにしても私には云うところはなかったので御座いますが」

「風船さんの云う通り縁には違いないが、どう云う事でそう云う御縁になりました」

「それと申しますのが先生さん、省線電車が大変こんで居りまして、私はつい蟇口《がまぐち》をすられまして」

「風船さんの蟇口をするとは、風流な掏摸《すり》がいたもんだな」

「中身《なかみ》もろくに這入って居りませんので、別に気にも掛けずに袂の中へ入れて、ぶらんぶらんさして居りましたから、向うでも目ざわりで片づけたので御座いましょう。それでも電車賃ぐらいは這入っていたのを取られましたから、駅を出てから帰って来る迄の市内電車に乗る事が出来ませんので、電車道に沿ってぶらりぶらり歩いて居りますと、途中に立派な警察署が御座いましたので、ほんの出来心で這入って行きまして、只今省線電車の中でこれこれしかじかと届けますると、刑事さんの様な方が一通り聴き取った後で、届書を書けと申しますので」

「何だか話が飛んだ様だな」

「いえ、そうでは御座いません。それで私が届書を書けと云われても、紙も何も持って居りませんし、書き方も解りませんが、うっかりこんな所へ這入って来た為に、面倒な事になって、それでは帰ってから書いて持って来いなどと云われては厄介だと考えて迷って居りますと、届書はそこの廊下の突き当りに代書人がいるから、そこで書いて貰いなさいと云われましたので、ほっと致しました」

「矢っ張り話は飛んだな風船さん」

「いいえ、そうでは御座いませんと申しますのに先生さん、私の方が余っ程じれっとう御座います。廊下の突き当りの薄暗い所に代書人が退屈して居りまして、代書人にしては若い代書人で御座いましたが、私の頼んだ届書をすぐに書いてくれました。しかし先生さん、刑事さんなどと申す人は丸で事が解らない人です。私が蟇口をすられて、無一文になったから、電車にも乗れないで歩いて居りますのに、ですから蟇口をすられましたと、はっきり申して居りますのに、代書人に届書を頼めと申されますから、頼んで書いて貰いましたら、その料金がいるので御座いますよ、先生さん」

「そうか。それは困ったな」

「先程刑事さんに口で云って届けた事を、もともと口で云った事で御座いますから、もう一度口で取り消して、なんにもなかった事にして、代書人の書いてくれた届書もいらぬ事にして帰ってしまおうかと思いましたけれど、私がいらないと申しましても、紙を使って墨をすって私の名前を書き込んだ届書が外へ廻せるわけのものでは御座いませんし」

「じれったいな、風船さん。そんな事は構わない。ことわってしまいなさい」

「いいえ、そうは参りません。又そうしてはこの話のいちが栄《さか》えません。私は代書人に向かって、只今届書に書いて戴いた通りの事情なので、お金の持ち合わせがないから、すぐにお払い出来ないが、貸しといて下されば後日こちら迄お返しに来ると申しますと、それでいいと云ってくれまして、それでその日の事は済みまして、翌くる日私は又警察署の廊下までその金を返しに参りました」

「さあ、それで済んだ」

「まだで御座います、先生さん。それからその代書人と懇意になりまして、私の所はどこだと云う様な事から、ひまな晩には遊びに来る様になりまして、つき合って見ると誠にいい人なので御座います。私の版画を見て大層感心してくれまして、私を尊敬する様な事を申しました。私の版画を一二枚持って行って自分の部屋に飾るのだと申して居りました。その人の所は警察署から向うの方になるので御座いますが、そう遠いと云う程の事も御座いませんので、私も時時、先方のお休みの日には遊びに参ったりいたしまして」

「代書人と風船さんの交遊を聞いても仕様がないな」

「いえ、先生さん、今日は私この事をお話しするので伺いました。代書人が先程申しました執達吏の家と懇意で御座いまして、その内に私がまだ独身だと云うので、執達吏のとこの娘さんをどうだろう、自分が橋渡しの役を買ってもいいと云う様な事を云い出しましてね、先生さん」

「ははあ、やっと本題に戻って来た」

「それで私はその気になりまして、三人で一緒に動物園へ出かけましてね」

「動物園とはおかしいな」

「あすこにはいろんな物が居りまして、そう云う時には工合がよろしいので御座いますよ先生さん」

「それじゃ僕も今度そんな時はそうしよう」

「それから執達吏の家《うち》へも代書人と一緒に遊びに行きまして、はい、随分何度も参りました。それから私一人でも参りましたが」

「成る程その時横町の犬が吠えるんだな」

「それが先生さん、私一人で行きました時はどうも工合が違いますので」

「そりゃ、まあそうだろう」

「いいえ、そうではないので御座います。そうではなくて、工合が違って、それが段段違って来る様でして」

「又何を云ってるのか解らなくなって来た。風船さんの話は困る」

風船画伯は話を切り、金火箸《かなひばし》の様な腕を前に組んで上目遣《うわめづか》いをした。

「どうしました。見馴れないポーズだな」

「先生さん、私、面倒臭くなりました。掻《か》い摘《つ》まんでお話しいたします」

「それがいい」

「執達吏の娘さんは代書人と結婚いたしました」

「それはおかしい」

「もう結婚いたしました」

「怪しからん話じゃないか」

「私もそう思いましてね、怪しからん様な気が致しましたけれど」

「そりゃ風船さん、不都合な話だ」

「矢っ張り、こう云う事は縁のもので御座いますね。私に縁がなくて、先方にはあって」

「おんなじ縁がこっちとあっちの間をふらふら振れては無茶だ。そんな法があるもんじゃない。僕は不愉快だ」

「先生さん、御立腹では困りますけれど、だから初めから私、これは縁のものだと申しました」

「つまりだ、要するに、風船さんが嫌われたんだろう。執達吏の娘から」

「それはそうかも知れませんけれど、何しろ代書人がその娘さんが好きになった様で御座いまして」

「代書人はひとり身だったのですか」

「お神さんに死なれまして、子供も御座いませんし、男やもめで蛆《うじ》をわかしていたところの様で御座います」

「それにしてもだ、風船さん、変だよそんな話がある筈のものではない」

「結局のところで御座いますよ、これは、私の考えた事で御座いますけれどね、先生さん、代書人はもとからその娘さんを知って居りまして、格別どうと云う気持もなかったのだろうと思います。それが私の為に一肌脱いでくれまして、娘さんが私とも懇意になり、その内に私が一人で訪ねて行く様な事になりましてから、急に娘さんに興味を持ち始めて、惜しくなったのではないかと思うので御座います」

「自分は負けても構わないが、君に勝たせるのはいやだと云う、猫の迷亭と独仙の碁の様な話だな」

「代書人は、自分はいらなかったので御座いましょう。それを私にくれようとして見たら、私が貰って行きそうになったら、急にいる事になって、惜しくなって、それでそう云う事になったのだろうと、私はこんな風に考えて居ります。先生さん」

「執達吏の娘が代書人のその気持に同《どう》じたと云うのも気に食わない」

「縁のもので御座いますね」

「同類だ。匹夫《ひっぷ》匹婦《ひっぷ》のともがらだ。ほっときなさい、そんな手合《てあい》は」

「ほって御座います。それで私の結婚などと云う、そんな話はいずれ又今度の事だとあきらめました」

「それがいい、流石は風船さんだ」

「それでも、もやもやしている間はいやでございました。二階の私の部屋にじっと坐って眺めて居りますと、下の家《うち》で庭に植えた玉蜀黍《とうもろこし》が伸びてまいりまして、段段伸びて、一丈ぐらいになったので驚いて居りますと、まだ伸びまして、玉蜀黍はあんなに伸びるもので御座いますかね」

「玉蜀黍は大きくなるけれど、一丈と云うのは随分大きいな」

「いいえ、それがまだまだ伸びて参りまして、てんつじに穂の様な物を乗っけて小屋根から上に出ました」

「おかしいな」

「それからまだ伸びまして、二階に坐っている私の顔より高くなりました。てんつじから一寸《ちょっと》下に割りに幅の細い葉っぱが二枚並んで出て居りまして、その二枚がほんの僅かな風にもひらひらいたしまして、少し風が強いとやけの様にあばれまして、丸でこう人間の痩せた腕がにゅっと二本出て、手踊りの様で御座います」

「玉蜀黍の葉っぱが、おかしいな。そんな風に見えるか知ら」

「その内にどうやら私に構っている様に思われ出しまして、これはいかんと気がつきましたから、もう見ない事にいたしました」

「そんな物は見ない方がいいけれど、しかしその玉蜀黍はまだあるのでしょう」

「矢っ張り伸びている様で御座いますよ。今にもっと伸びれば、気になる葉っぱが私には見えなくなりましょう」

「なぜ」

「屋敷の棟へ行ったら、見えませんものね」

「無茶を云ってはいけない、風船さん、そんな玉蜀黍があるものか」

「私もないとは存じますけれどね、今までの模様から見ると何とも申されません」

「まあそれでいい事にしよう。僕は風船さんと違って常識があるから」

「はい」

「済んだ話として、その二人はどうしているのです」

「二人は一緒に居られますよ」

「ふうむ」と云って五沙弥が考え込んだ。そうして無暗に自分の髭の先を引っ張っている。

「私はね、先生さん、家《うち》にいると気が詰まるものですから、出かけましてね」

五沙弥はまだ黙っている。

「動物園へ行ってまいりました」

五沙弥が怪訝《けげん》そうな顔で聞き返した。「どこへ行ったのですって」

「動物園で御座います」

「おかしいなあ。風船さん、また話がもとへ戻るのじゃないか」

「そうでは御座いません。今度は外のものの所は素通りいたしまして、ペリカンだけを見てまいりました。ペリカンの前に半日余りしゃがんで居りました」

「ペリカンがどうしたのです」

「ペリカンが見たかったので御座います」

「なぜ」

「なぜと云われると困りますが、私にはそんな事は解りませんけれど」

「どこが面白いかな」

「面白くは御座いませんけれど、こう、じっとして見て居りますと向うも多分私が顔《かお》馴染《なじ》みになった様でして」

「変だなあ」

「だから矢っ張り、その次の次の晩、夢に見ました。嘴《くちばし》の下に垂れている大きな袋が気になりまして、それからあの薔薇色がかった白っぽい羽根の色の工合なぞ、そっくり夢に這入りやすい色調で御座いますのでね」

「色の調子で夢を見るのですか。おかしいな。夢に色はない筈だが」

「いいえ、御座いますとも、先生さん。私は真赤な大きな緋鯉の夢を見た事が御座います。しかしペリカンの羽根の色が夢で見た色だと申すのではありませんので、生地《きじ》で見ても、あの色は夢がぼやけた様で御座います」

「それでペリカンがどうしました」

「夢の中に沢山大きな金魚が游《およ》いで居りまして、立派な蘭虫《らんちゅう》も居りまして、それを私がとって食べました」

「いやだな、金魚を食う夢なぞ」

「それがペリカンの夢なので御座います」

「何だか、かつがれた様だな」

「いいえ本当で御座います。それで私はペリカンの気持がいたしました」

「ますますいけない」

ぎしぎしと玄関が開いて、「御免下さい。先生はいらっしゃいますか」と云う声がした。

お神さんがお勝手にいないと見えて、取次ぎに出ないので、又同じ調子の声で同じ事を云った。「御免下さい。先生はいらっしゃいますか」

風船さんが出て行った。落ちつき払った声で、「はい、入らっしゃいまし」と云った。

「あっ、風船先生、どうも、これはこれは、暫らくでした」

「はい句寒さん、暫らくで御座いました」

「こちらの先生はいらっしゃいますか」

「はい、いらっしゃいます」

「何をして居られます」

「私とお話し致して居りました」

「御免なさい」

句寒さんは風船画伯を押しのける様にして、すたすた上がって来た。

風船さんが後《うしろ》から、「先生さん、句寒さんがお見えになりました」と取り次いだ。

その間に句寒はもう五沙弥の前に坐っている。

「先生、暫らくでした」

「全くだな。随分顔を見せませんでしたね」

「黄疸《おうだん》をやりまして、寝ていたものですから」

「それはそれは、里風呂《りぶろ》も大分来ないので、聞く折がなかった。ちっとも知らなかったが、もういいのですか」

「はあ、もうとっくによくなりました。どうも御無沙汰いたしました」

「黄疸と云うのは黄いろくなるのでしょう」

「そうです。指の股から足の裏まで黄いろくなります」

「それにしては句寒さんはいやに黒くなったじゃないか」

「僕がですか。おかしいな。どうも」

「ねえ風船さん、句寒は黒いね」

座に返って句寒と並ぶ様に坐っている風船さんが、横から顔を覗き込んだ。

「全くで御座います。滅多にあるもんじゃ御座いません」

「何がです、風船先生」

「いえね、大変な事で。黒さも黒し句寒坊」

「いやだな、どうも」

「それで指の股から足の裏まで同じ色だったら、立派なほん物だ」

「しかしね、先生、僕は友達に会っても、役所へ行っても、だれもそんな事は云いませんよ。きっと先生の目の所為《せい》だ」

「風船画伯も黒いと云っている」

「風船先生はきっと雷同しているんです。先生に」

「いいえ句寒さん。飛んでもない事です。私は附和雷同など致しません。画家ですから、色を見別ける鑑識は持って居ります」

「弱ったな、衆寡《しゅうか》敵せず、お二人に云い黒められて、黒くなるのは残念だ」

「きっと、句寒さん、こうだよ。黄疸がまだよくならない内に日なたへ出て、皮膚の裏に残っている色素を焼いたから、それでそんなに黒くなったんだ」

「黄疸はすっかりなおったんですけれど、そう云えば野球をやりましたから」

「へえ、初耳《はつみみ》だな。野球が出来るの」

「出来ますとも、外野手です」

「外野手と申しますと、句寒さん、何をなさいます」

「球を見て走るのです。それで走り過ぎて、ぶつかって倒れたから、ここんとこをこんなに擦り剝きました」と云って、腕をまくって見せた。

「あぶないね、素人《しろうと》が馳け出すと。もうよした方がいい」

「大丈夫ですよ。先生は因循姑息だからな。よせと云われても、チームの一人ですから、よすわけには行きません」

「第一、句寒さんは野球をする歳ではない」

「そんな事はありませんよ、先生。丁度僕くらいが頃です」

「句寒さん、私もお仲間に入れて戴きましょうか」

「風船先生ですか。これはどうも、どうもだな」

「駄目で御座いますか。駄目ときまれば、あきらめます」

「切り口上で、風船先生は。どうも始末が悪い。うん、それからそうだ。先生、僕は花火を見に行って、日に焼けたのです」

「それはおかしい。花火は夜のものだ」

「しかし、花火が揚がったのを見てから出かけては間に合いません。明かるい内から行って、桟敷に上がって始まるのを待っているのです」

「ほう、それは本式の見物だな」

「そうなのです。招待を受けて出かけましたが、夕日がかんかん照りつけましてね。あの時いくらか黒くなったかな」

「それはいつの事で御座います」

「ええと、何しろ野球よりは後でした。そうしますとね、川上の空に黒雲が巻いて、おやおやと思ってる内に、こっちへ広がって来て、それから一陣の風が吹きつけたかと思うと、川上の向うの方から雨が降って来るのが見えるのです。夕立の雨はああ云う風にやって降って来るのですね。僕は初めて見ました」

「どう云う風に」

「そうですね、前面の所が幕の様に、壁の様になっているのです。それでずっと押して来て、来たなと思ったらいきなり頭からバケツの水をぶっ掛けられた様な事になって、大あわてでさあ」

「そいつは面白いね」

「いや面白いどころじゃないんで、桟敷の莚《ござ》を引《ひ》っ剝《ぺ》がして頭からかぶりましたが、それでも全身濡れ鼠になりました」

「それで花火もおじゃんか」

「何、雨は通り雨ですからね。何だか雨の束《たば》が通り過ぎた様な工合で、その内にさっと止んで、すがすがしい風が吹き渡って、暫らくすると又日が照り出して、それで身体が乾いた頃に花火が始まりました。綺麗でしたよ。僕はあんな本式なのは初めて見ました」

「惜しい事をいたしました。私も句寒さんについて行けばよかった」

「本当だな、失恋画家が花火を見ると云う風情はいいな。野球なんかやると自暴自棄になった様でおかしいよ、風船さん」

「そんな事では御座いません。句寒さん今度は連れてって下さい」

「今度はお誘いしましょう。承知しました」

「今度はいつですか」

「今度の時は来年です」

「来年ですか。来年とは又随分先の事になりますね」

「丁度いいだろう。その間にまたお嫁さんを探すんだな」

「失恋だのお嫁さんだの、風船先生に何かロマンスがあるのですか。先生」

「そうなのだ、今風船さんは失恋のほやほやだ」

「句寒さん、先生さんの云われる事は間違っとります。私は失恋なぞ致して居りません」

「そうだな、当の御本人が云うのだから、それはそうだ。失恋などと云うそんな抽象的な話ではない」

「それでは具体的にどうなのです」

「具体的にお嫁さんを貰いそこねたのだ」

「貰いそこねたと云うと、どうしたのです」

「概言《がいげん》すれば逃げられたのだ。それで風船さんは玉蜀黍の葉に思いを託したり、大きな金魚を食い過ぎたりしている所だ」

「句寒さん、逃げられたと云うのは本当です。惜しい事をいたしました。そうでなかったら結婚式におよびするつもりで居りました」

「御馳走を食い外《はず》しましたか」

「句寒さんの知らない内に大事件が経過して、風船さんによばれると云う千古未曾有《せんこみぞう》のチャンスも逸《そ》れてしまった。昔の森田思軒の翻訳に、若者が途中で草臥《くたび》れて森の中の木陰《こかげ》に眠っていると、毒蜂が飛んで来て耳の後《うしろ》を螫《さ》そうとした。一寸でも螫《さ》されたら、その場で死んでしまうところだったのだ。そこへ鳥が飛んで来て、その蜂を捕ろうとしたから蜂はどこかへ逃げて行ったが、眠っている若者は何も知らない。鼾《いびき》をかいて眠り続けていると、王女の行列が通り掛かって、王女がその若者を見そめ、お城に迎えて聟《むこ》にしようとしたが、何か邪魔が這入ってその儘行ってしまった。その後で若者は眠りが足りて目をさまし、又車を押して森から出て行ったと云う話がある。若者はなんにも知らないんだ。自分の知らない内に大きな運命が通り過ぎた。句寒さんとおんなじだ」

「どうもこれは。何、それ程の事もありません」

「何が」

「何がと云って、弱ったな。風船先生の御馳走によばれなくてもいいです」

「今となって、お呼び申すとは云って居りません。しかし考えて見ると残念な事をいたしました。句寒さんは仲人の名人だったのでしょう。そうなる事だったらお願いして」

「だって風船さん、仲人は代書人でしょう」

「いいえ、あれは橋渡しで御座いました。当日は更めて句寒さんに正規の仲人をお願いして、お祝いの謡をうたって戴くので御座いましたね、先生さん、その席上で」

「そうだ、それはいい思いつきだったのに、お流れで残念だな。句寒さんの咽喉仏《のどぼとけ》の上がったり下がったりするのを拝見しそこねた」

「どうも、弱ったな、これは。一体だれがそんな事を云いました」

「はい、里風呂《りぶろ》さんから事こまかにお話を伺いました」

「あっ、里風呂ですか。怪しからん。それはですね、一体その話と云うのは」

「一寸待った、句寒さん。そいつを今度は句寒さんの側から蒸し返されると、いつ済む事だか解らない事になって、それは困るので、あんまり長くならない方がいいんだ」

「解らんな、どうも、先生の云われる事は」

「そうなんだよ」

「そうですか。しかし、僕はですね、少し云わして下さい、里風呂はきっとそんな事は云わなかったと思うんですが、僕の仲人なぞと云うものは丸で案山子《かかし》みたいなものでして、その前に彼等は已《すで》に愛し合っていたのです。れっきとした恋愛結婚でさあ」

「そんな事は云わなかったね、風船さん」

「はい、伺いませんでした」

「ですから僕は、風船先生は僕を仲人の名手などと云われますが、自働ピアノの演奏者に過ぎないのです」

「それで、うまく弾いてる様でも名手ではないと云うわけか」

「そう致しまするると、句寒さんは里風呂さんのお仲人だけで、後はもうなさいませんか」

「僕もそのつもりだったのです。懲りましたからね。ところが又最近にもう一遍やられましてね。それはこう云うわけなのです。僕の役所の所属で女子青年寮と云うのがありまして、僕がその寮長をしていたのですが、僕達夫婦はそこで十日に一度ぐらいの割合で盛大な夫婦喧嘩をやったのです。或る日の夕方などは、寮の中を下から二階へ追い上げ、追い下ろし、はだしで庭へ飛び出しても追跡をゆるめず、家のまわりを二三回まわって漸くつかまえた女房に、三十人の寮生諸嬢環視の中で一撃を加えました。この大喧嘩の後で、一人の寮生がしんみりした調子で、わたし、一生結婚しませんわ、と決意を披瀝《ひれき》したのには困惑しましたね。三十人の娘さんを全部オールドミスにしてしまっては大変です。娘さん達の親御に対しても誠に申し訳ない次第なので、僕は二三日経ってから寮生一同を集め、僕達の夫婦喧嘩を見て、直ちに結婚生活が不幸だと考えるのは甚《はなは》だ軽率であり浅慮である。こんなにひどい夫婦喧嘩をしても、まだまだ家庭生活の楽しさがあるのであって、若しそれ喧嘩をしなかったならば、結婚生活と云うものは、独身の皆さんには想像も出来ない程、楽しいものである、と云う一場の訓示をしました。それから何年か経ちまして、その時の寮生の一人が目出度く結婚する事になって、僕に仲人を頼まれたのですから、これはのがれられない所でしょう。だから僕はもう一遍仲人を引き受けました」

「成る程ね、今度は自働ピアノではなかったのかな」

「僕が纏めたのですから、自働ピアノではありません」

「句寒さんのお話を聞いて、私は恐ろしくなりました。句寒さん、夫婦喧嘩と云うものは、いつも旦那さんの方が強くて勝つとは限りませんでしょう」

「そんな事があるもんですか。僕は一度だって女房に負けた事なんかありませんよ」

「それは句寒さんはそうかも知れませんけれど、よそさんの御夫婦では旦那さんより奥さんの方が強いと云うのも御座いますでしょう」

「それはありますよ。意気地のない亭主もいますからね」

「意気地がないと云われますけれどね、句寒さん、矢張りそうと計《ばか》りも行かないと思うのでして、私なぞ本当にこわい事で御座いました」

「何を警戒して居られるのですか、風船先生」

「いえね、さっき先生さんが一寸お話しになった様な事で、若し私がお嫁さんを貰っていましたら、それは一緒になって見なければ強いか弱いか解りませんけれど」

「ああ、その事ですか。それは大丈夫ですよ。相手は女ですもの」

「いやいや、そうは参りません。女でも安心は出来ません。それが若し強くて追っ掛けてまいりましたら、私は句寒さんの奥さんの様に二階へ馳け上がって、馳け下りて、家のまわりを三遍も逃げて廻る様な、そんな元気は御座いませんし、足ものろいからすぐにつかまって、叩かれて、いやな事で御座います。先生さん、執達吏の娘の話があゝ云う事になって、誠に仕合わせで御座いました。句寒さんのお話を伺って、私、一生結婚なぞするのを思いとどまりました」

「一寸一寸、風船先生待って下さい。おかしな話になって来て、弱ったな、どうも」

「私の奥さんが追っ掛けて来て、逃げそこねたところをつかまったら、私、思っただけで身ぶるいが止まらない様で御座います」

第十二

「出田君、君には二円五十銭貸しがある」

「僕にですか、おかしいですね。借りた覚えはありませんよ」

「忘れては困る。忘れた顔をする君ではないと思うけれど、何しろお金の事だからね」

「二円五十銭だからいい様なものですけれど、しかし言い掛かりみたいなのはいやですよ、僕は」

「そう云う事を云う、怪しからん話だ。抑《そもそ》も二円五十銭だからいい様なものだと云うけれど、その当時の二円五十銭が今のお金でいくらになるかと云うのは後の事だ。君に債務を確認させてから、計算するつもりだが、あの時分は、何年頃だったかな。何しろ亜米利加の一弗《ドル》が二円だった筈だ」

「それで今の一弗と、もう五十銭なら四分の一弗か、それを僕が借りてるなぞと云われては困りますよ、先生」

「困ってもそうなのだから、君には貸しがある」

「うそですよ、有りませんよ」

「これは面白い事になりました」

風船画伯がにやにやしながら口を出して、どう云うつもりか五沙弥と出田羅迷の二人のどちらでもない方へ向いてお辞儀をした。「はい、先生さん、実のところ私はお金のお話しが大好きで御座います」

「風船さん、黙って聞いていなさい。口を出すと掛け合いの邪魔になる」

「掛け合いと申しますと」

「掛け合い談判さ。そこで出田君、君が思い出す事を肯《がえん》じないなら云って聞かせるが、尤《もっと》もあれだよ、その二円五十銭は僕から君に渡したものを返さないと云うのではない」

「そうでしょう。そんな覚えがないもの」

「そうではなくて、そうでなくても君の債務なのだ。君との間に金銭の授受なくして成立した君の債務だ。つまり君に代ってその二円五十銭を支弁したのが僕だ。君はそれを返済する義務がある」

「先生さん、そう云う風に小六《こむ》ずかしく仰しゃらずにお願い申します。お金のお話しなので御座いますから」

「又風船さんが口を出す。しかし羅迷は思い出さないつもりらしいから、僕はそのいきさつを風船さんに話す事にしよう。そうすれば自然羅迷が思い出すからな」

「それがよろしゅう御座います、先生さん」

「風船さん、お金はうっかり人に貸すものではない」

「はい」

「貸したのなら、まだいいけれど、人に代って立て替えると云うのがいけない。相手は何となく間接な様な気持で、どうかするとその儘にしてしまう。こちらから云えば、そのお金を相手に渡したのも、相手に代って他へ払ったのも、お金がこちらの手を離れた味は同じ事なのだ」

「いかにも」

「羅迷が学校を出た当座の事で、表筋に小料理の赤瓢箪《あかひょうたん》だとか、金麩羅《きんぷら》の大新だとか、そんなのがあったなあ、あの時分は」

「御座いましたね、赤瓢箪は私も時時まいりました」

「僕は羅迷をつれて、よくそんな店へ飲みに行ったのだが、時候が進むと段段寒くなる」

「はい」

「それから非常に寒くなって、木枯《こがら》しが吹いて、もう寒くて堪らなくなったんだ。僕はがたがた慄えながら、しかし矢っ張り羅迷をつれて出掛けた」

「一杯にありつく御辛抱は大変なもので御座いますね」

「それが大概夕方でしょう。羅迷と並んで道ばたを歩いていると、冷たい風が羽織や著物を透《とお》して肌に這入って来て、ぶるぶるっと身体が縮まってしまう」

「御一緒の羅迷さんも、嘸《さぞ》お寒い事だったでしょう」

「それが違うんだ風船さん」

「はてな」

「羅迷はと云うとだね、羅迷は兄貴から貰った身分不相応の上等のインヴァネスを著《ちゃく》用《よう》してるんだ。だから寒くないんだ」

「それで、先生さんはいかがなのです」

「僕だって立派なインヴァネスがあったんだけれど、ついした不注意で質屋で流れてその儘なんだから、だからインヴァネスなぞはない」

「そう致しまするると、それでは全くのところ、お寒いでしょう」

「それで寒空にすっぺらぺんと云うわけだ。仕方がないからね、死んだ祖母の天鵞絨《びろうど》の肩掛けを襟に巻いたんだ。それでふところ手をして、ちぢまれるだけ、ちぢこまって、がたがた云いながら、羅迷と歩いて行った」

「先生、それは覚えています。本当につらかったよ、あの時僕は」

「君は今だまっていなさい。口を出してはいかん。君が何か云うと話しが逸《そ》れるから。逸れたらもとへ戻らなくなって、何を話していたか解らなくなる」

「何、解らなくなったって、いいでさあ」

「いや、いけないんだ。なぜいけないかと云う所へ行く途中なんだよ。それで風船さん、僕はがたがた寒いでしょう。羅迷は寒くないんだ。一緒に歩いていると、羅迷がそれが気になって、気が引けるんだね」

「御尤もで御座います」

「平衡感覚をそこねられて、羅迷は不安になったんだ。どうすればいいかと云うに、羅迷もインヴァネスを脱いで、僕と一緒にぶるぶる慄えながら歩くのが一つの方法で」

「それは先生さん、御無理で御座います」

「僕は脱がせようと云ってるんではないんだよ、風船さん。羅迷の立ち場で考えているんだ。それでなければ、もう一つの方法は僕にインヴァネスを著《き》せる事なんだが」

「それが宜しゅう御座います、先生さん」

「しかし僕はインヴァネスを誂《あつら》えたり買ったりするお金がない。お酒を飲みに行くお金はあっても、身に著る物に纏まったお金をつかう余裕なぞない。ないからこそ質屋の蔵のインヴァネスが流れた位だからね」

「大きに」

「ところがね、風船さん、僕は寒くても我慢して歩いてるんだ。我慢が出来ないのは羅迷なんだ。何とかして僕にインヴァネスを著せようと、心を千千《ちぢ》に砕いているらしいのだが、それかと云って、僕に買ってくれる事も出来ないので」

「それは先生さん、羅迷さんも御卒業早早では、そうは参りませんでしょうから」

「だから羅迷は、僕の犠牲に於いて僕にインヴァネスを著せようと云う虫のいい、ずるい事を考え出したのだ。先ず手始めに、先生方方の店に、どこにでも吊るしてあるレディイ・メイドのインヴァネスをお買いなさいと云い出した。何でも品物が有り余っていたのだね、あの時分は。だから何でも安かった。今のお金で考えて安かったと云うだけでなく、その当時前後のお金で考えても、その時分は特に安かったのだ。間著《あいぎ》の背広三ツ揃いが、出来合いなら二十円位で買えたのだから、インヴァネスだって今から考えれば大した事はないのだが、物が安いくらいだから、お金も少いのだ。安くても買えやしない。買わないからますます安くなると云うだけの話で、安いから買えと云っても、こちらの懐中にお金がない。買えるもんじゃないよ、風船さん」

「はい」

「それを羅迷が頻りにすすめるんだ。無理に買えと云うんだが、彼の心事はわかってるからね、その口車には乗らないさ」

「先生さんにはそう云う所が御座います。無理に申すと意地になられましてね」

「いや違うよ風船さん、意地じゃない、お金がないんだ。仮りにあっても、それでインヴァネスなんか買えば外《ほか》に差し閊《つか》えるじゃないか」

「でもお寒いでしょう」

「寒くても構わない」

「それ、矢っ張り意地で御座いますね」

「寒いのは僕が寒いので、僕が寒くて困るのは羅迷なんだ」

「羅迷さんは親切な方で、先生思いで」

「風船先生、困りますよ、そんな事を云い出しちゃ」

「君はだまっていたまえ。それでだね、風船さん。あんまり云うから、僕も根《こん》が尽きてね、羅迷の言う目が出るのは癪だが、まあ仕方がないから、それじゃ買ってやろうと云う事にした」

「それで私も安心いたしました」

「しかし何しろ高いのは困る。このお品は品物にして割安だなんて云うのは僕には無意味なので、品物が良かろうと悪かろうと、それは一向構わないから、ただ安い事が必須の条件なんだ」

「御尤も」

「だから限界を二十円までときめて、それで買えるかと羅迷に聞くと、買えますとも、二十円なら御《おん》の字《じ》です。どこの店でも売ってまさあと請合った。それではそう云う事にするが、もし二十円より高くて、高いのしか無かったら、買うのをよすぜと云ったら、大丈夫ですよ、二十円で買えますとも。もしそれより高かったら、その食み出《はだ》した分は僕が負担して払いますと云うのだ」

「御本人の前で申しては何ですけれど、感心な方で御座いますね」

「困るなあ、どうも、風船先生は。何も云っちゃいけないと先生は云うし」

「だまっていなさい。邪魔だ。それでだ、そうときめたから、いつでも買いに行くつもりにはなったが、羅迷と論判している分には金は掛からないが、いよいよ実物を入手するとなるとお金がいる。そうだろう風船さん」

「はい」

「お金は中中あるものじゃないから、話しをきめたきりで、その後《あと》まだ何度もがたがた慄えながら羅迷と歩いた。そう云う時に、羅迷はまだか、まだかって催促するしね」

「御無理のないとこで御座います」

「催促はするし、寒くはあるし、お金は出来ないし、僕も随分つらい思いをしたが、その内、何かでお金が這入ったんだ。僕は然諾《ぜんだく》を重んずるから、早速吊《つる》し屋《や》へ行ってインヴァネスを買ったのはいいけれど、話しが違うのだ。羅迷の云ったのと違うのだ。一番安いのでも二十二円五十銭で、それより下はない。しかしもう騎虎《きこ》の勢で止むを得ないから、それを買って著て帰った」

「やれやれ、本当に安心いたしました」

「今度また羅迷と出掛ける時、その新らしいインヴァネスを著て行ったら、よろこんだね。僕もいい功徳《くどく》だか施餓鬼《せがき》だかした様な気持になったが、しかし約束は約束だから、羅迷に二十円から食み出《はだ》した二円五十銭を返せと云ったら」

「ははあ、そのお話で御座いましたか」

「羅迷も観念して、その超過分は僕が払いますと云うんだが、それがいい加減の申し分で、払う事は已《すで》に僕が立て替えて吊《つる》し屋《や》へ払ってある。その立替えを僕に弁済しなければならんのが羅迷の債務であって、解りきった話だ。然るに彼は、いいです、返しますだの、払いますだのと云いながら、言を左右に託して今日《こんにち》に到るまでまだ履行しようとしない」

「成る程」と云いながら風船画伯は曖昧な目をして五沙弥と羅迷の顔を見た。

「先生、もういいですよ、そんな昔の事は」

「よくない。事の起こったのは昔であっても、それに依って君が負うところのものは日に新たな債務だ」

「そんな事はありませんよ。もう時効にかかっています」

「時効は中断してある。だから僕の債権は儼乎《げんこ》として存する」

「時効の中断なんかしやしませんよ。僕は催告を受けませんもの。きっと、あれですよ、そら赤ん坊が何かかたい物を食べて、それが不消化の儘おなかの中を通ると、腸の曲がった所でそいつが腸壁にぶつかった拍子に、赤ん坊が引きつけて目を白くするでしょう」

「知らんね、そんな事は」

「いや違います、それは云い方が正確じゃなかったです。不意に赤ん坊が引きつけるのは、何かかたい物が腸の曲がり角でぶつかったからかも知れない、とこう云わなければいけないのです」

「どっちだって、おんなじ事だ」

「そう云う風に、何か不消化な物が先生のおなかの中で腸の曲がった所に引っかかって、その途端に先生が、何も前後のつながりがないのに、不意にそんな事を思い出されるのです。きっとそうですよ先生」

「怪しからん事を云う。僕はしょっちゅう催促してるじゃないか」

「聞きませんもの」

「耳で聞かなくても、以心伝心《いしんでんしん》の法によって催促してある」

「先生さん、以心伝心は無線電信より古う御座いますね」

「そうだそうだ。風船先生、猫にありましたね、無絃の素琴《そきん》を弾じ、無線電信を掛けってね」

「時に先生さん、そうしておもとめになったそのインヴァネスは、いかがなりました」

「それはね風船さん、随分長い事著たんだ。著古《きふる》して、もう著られなくなってから脱ぎすてて、押入れの隅にでも突っ込んであったんだね」

「質草には向きませんでしたか」

「そりゃ駄目だ、持ち込んでも、外《ほか》をお聞き下さいと云うにきまっている。そうして何年目かに押入れの奥から出て来たんだが、どう見てもインヴァネスとは思えない」

「はてな」

「一かたまりにかたまって、毛むくじゃらの団子になっていた」

「化けましたかな」

「末路はだね、屑屋が目方で持って行った。それでお仕舞さ」

「やれやれ、私はまた団子にかたまったインヴァネスが何か業《わざ》をするかと思いましたが」

「インヴァネスはそれで消えてなくなったが、しかし羅迷の債務は消えやしない。僕に記憶のある限り残っているから、そう思いなさい」

「あれ、又そんな話になった。何しろインヴァネスなどと云う代物《しろもの》は、已《すで》に当世じゃありませんからね」

「インヴァネスの流行の話ではない。羅迷の債務に就いて云ってるのだ」

「そりゃそうですけれどね、カリガリ博士はインヴァネスを著て居りましたね」

「カリガリ博士だって」

「先生と見に行ったじゃありませんか。カリガリ博士が洋服の上にインヴァネスを羽織って、ゆがんだ様になった坂道を歩いて行くのです」

「うん、そうだ、とことこした様な歩きっぷりで、向うの方へ行ったね」

「風船先生も御覧になりましたか」

「カリガリ博士で御座いますか。はい、私も見てまいりました」

「風船さんがカリガリ博士を見ている風景はいいね。カリガリ博士になったヴェルネル・クラウスはふとっていたけれど、風船さんがインヴァネスを著て、ああ云うゆがんだ道を向うへ歩いて行ったら、瘦せたカリガリ博士が出来る」

「いいえ先生さん、私は眠り男のコンラート・ファイトの役で御座います」

「骨ばかりでも眠たくなるだろうか」

「骨が酔うと申しますから、術をかけられたら骨が眠りましょう」

「先生、カリガリ博士は洋服の上にインヴァネスを著てたんでしょう」

「当り前さ、独逸映画のカリガリ博士が著物を著て出るものか」

「我我はあの時分、著物の上にインヴァネスを羽織って行きましたが、洋服にインヴァネスを著ると云う事は考えませんでしたね」

「そんな事はない。現に僕は洋服の上にあのインヴァネスを著て歩いた」

「先生がですか。こりゃ驚いた」

「いや、ちっともおかしくはない。僕の学生時分の先生にはそんなのはざらだった」

「大分古い話だからな」

「そうでもないさ。井ノ哲先生の井上哲次郎博士などは、そう云う風態で、古色蒼然《そうぜん》たる足取りで、暮色蒼然たる大学の門を出て行ったものだ」

「ははあ、そう致しますると、カリガリ博士の扮装《ふんそう》は日本のそう云う先生方の風態から思いつきましたか」

「そうではないでしょう、風船先生。井ノ哲博士の方がカリガリ博士を見て真似をしたのです」

「これこれ、羅迷さん。クロノロジイを踏みつけてはいかん。カリガリ博士は第一次大戦の後で、井ノ哲博士の話は明治末の事だ。大岡越前守が説教強盗妻木松吉を裁判したりしては事だ」

「そうですかねえ。古くなった事は、どっちが先で後でも構やしないけれど。先生はこの頃映画を見にいらっしゃらない様ですね」

「今の活動は何か云うのだろう」

「そりゃトウキイですから云いますよ」

「それだから気持が悪くて、見る気がしない」

「なぜでしょう。随分古いな、矢っ張り先生は」

「それがどうして古いかね。映画と云うのは影絵だろう。絵が口を利いて、ものを云うのは変だよ」

「ちっとも変ではないです」

「それではだね、展覧会に陳列してある人物画が、何か云い出しても構わないかい。場内の絵が、がやがや、ぺちゃくちゃ喋《しゃべ》り出したら僕はいやだな」

「それとは違いますよ、無茶だよ、先生の云う事は」

「今のところ、未だ絵はしゃべらないからいい様なものだが、絵がしゃべる位だったら、彫刻は勿論だまっていないね」

「その代り音楽が、音も声もしない事になれば差し引きおんなじでしょう」

「君の云う事こそ無茶だ。無茶と云うよりそれは、やけだよ。僕の云うのはちゃんと筋道が立っている。現に僕は声のする展覧会を知ってるからね」

「本当ですか。おかしいな」

「おかしくはない。君が速断するから話しがもつれるのだ。雞の展覧会を見に行ったのさ」

「なあんだ、そんなら鳴きましょう」

「上野の竹ノ台のもと文展をやった木造の建物の中だよ」

「又随分古い話らしいですね」

「会場の近くまで行くと、已に喧喧囂囂《けんけんごうごう》たる大変な騒ぎだ。一つずつの声でなく、何百羽の雄雞が争ってときを作るのが一かたまりになって、会場の建物がふくれ上がっている。丸でフェニックスが吼《ほ》えている様だ」

「フェニックスが吼えるのですか、先生」

「先生さん、私も声のする展覧会へまいりました。はい。前を通ったら大変な声がして居りますから這入りました。犬の展覧会で御座いまして、何しろ場内は飛んでもない騒ぎなので、のぼせて、外へ出てからも半日ばかりぼうっといたしました」

「そうだな、僕も雞の展覧会から出て来たら、人の云う事が遠くの方のよそ事の様に聞こえて弱った」

「展覧会の犬は縮緬《ちりめん》の座布団を敷いてるのも御座いました」

「雞は跣足《はだし》だったよ、風船さん」

「これはどうも、いえ、私、今日は大丈夫で御座います」

「にわとりや、はだしだと云うのが、なぜ風船先生に、あっそうか。差し障りが解りましたよ。そうか、そうか」

「羅迷さん、そんな事を仰しゃるもんじゃ御座いません。こちらの先生さんは意地の悪いお方で御座います」

「僕が意地わるだって」

「はい」

「跣足で歩いて来て、その足で人の家に上がって来る方が余っ程そうではないかね」

「いえ、それより、先生さん、もう外《ほか》のお話しをいたしましょう。活人画はいかがで御座います」

「活人画が口を利く話かね」

「口は利かなくてもよろしいので、しかしこの節ちっとも流行《はや》らない様で御座いますね。羅迷さんは活人画はお好きですか」

「好きではありませんね。慈善演芸会や女学校の学芸会なぞで何度か見た事がありますけれど、わざとらしくて僕はきらいです。活人画よりはマネキンの方がまだましでさあ」

「そう云えばこの頃マネキンがなくなりましたね。その内又やりますでしょうか」

「又やるといいですね。その時分僕の近所の角の呉服屋にマネキンが来て、何時《なんじ》から出ると云う掲示が店先に貼ってあるから、見に行ったのです。綺麗な女でしたよ。僕は何度も見に行きました。あれは契約しておいて、日をきめて廻って来るのですね。狭いショウウィンドウの中に若い綺麗な女がいて、見せる為にそうしているんだから、遠慮なくいつまでも見ていていいわけでしょう。ショウウィンドウの硝子に鼻のあとがつく程顔をくっつけて、僕は堪能《たんのう》するまで見て来ました」

「羅迷さんはマネキンがそうして宣伝している著物や、配合は御覧にならないで、中《なか》身《み》の方を味わっていらっしゃると云うわけで」

「そうじゃありませんよ。風船先生は何となく変な事を云われるので困る」

「抑《そもそ》もマネキンと云うのは、人間が著物を著ている姿になぞらえて造ったのがマネキン人形で、その人形の代りを本当の人間が勤めるのが、羅迷なぞがうつつを抜かすマネキン娘だ。もとへ戻るだけで意味はない。人間の姿態を絵に描いて現わす。その絵を真似たつもりで人間が人の見ている前でじっとしているのが活人画だ。意味もなく、面白くもない。にがにがしい計りだ」

「そんな穿鑿《せんさく》をしなくてもいいのです。活人画は兎に角、マネキンのマネキン娘は綺麗でしたねえ。あの娘《こ》はどうしたか知ら」

「羅迷さんは少し変で御座います」

「鸚鵡《おうむ》や鸚哥《いんこ》や九官鳥は人語を真似るだけでなく、外《ほか》の鳥の鳴き声の真似もする。だから九官鳥が鶯の真似をすれば、矢張りほうほけきょうと鳴くのだ。寄席の芸人に物真似のうまいのがいて、初めに鶯の啼き声をして聞かせた。それから今度は、九官鳥が鶯の啼き声を真似たその真似をして聞かせた。二つがちゃんと違っているのだ。そんなものだよ」

「何がそんなものなのか、解りませんね」

「マネキンや活人画と同じ事だ」

「はてな、そういたしますると、しかし先生さん、私にもよく解りませんけれど、私には解らない事が沢山御座いますのでね。ですから解らなくても結構なので御座います。解って見たところで、同じ事で御座いますから」

「風船さんの云う事の方が、僕には何の事だか解らないが、まあいいさ、解って見たところで同じ事だ」

「左様《さよう》で御座いますよ、先生さん。一つ立体派《キュウビズム》の活人画でもやりましょうか」

「風船さんがやるのか」

「はい」

「そりゃいい。風船さんのカリガリ博士よりはその方が適している。おや、人の声がしている様だな。何か云ってるじゃないか」

「いいえ、あれはお玄関の外で御座います。往来でだれか立ち話しをしているので御座いましょう」

「御免下さい。今日《こんにち》は。先生、上がってもいいですか」

「そら、矢っ張り這入って来た、おかしいな。里風呂《りぶろ》だろう」

起ちかけた風船さんを遮《さえぎ》って、五沙弥が大きな声をした。

「いい」

「成る程、その方が手っ取り早う御座います」

「しかし、おかしいな。玄関の開く音がしなかった」

「お玄関の戸で御座いますか。お玄関の戸で御座いましたら、私が上がる時に開いた儘に致しておきました」

「なぜ」

「人が来て、開ける音がする度に、先生さんの癇が立ちますのでね」

「変な事をする、風船さんは」

「あれ、風船先生、開けっぴろげですか。気がつかなかった。僕の靴を盗まれやしないかな」

「大丈夫で御座います、羅迷さん。上がる時に私の草履を置きますでしょう。その時靴に気がつきましたから、一緒にして外から見えない式台の陰に置いときました」

「妙な所に風船先生は気がつきますね」

「はい、履物の事は先生さんが口やかましく申されますのでね」

上がって来た飛驒里風呂《ひだりぶろ》君が挨拶をした。

「しかし、変ですね。句寒さんはまだまいりませんか」

「句寒としめし合わせて来たのか」

「そう云うわけではありませんが、句寒さんがおれが行くから君も来いと云いましたので。だから来ると云い出したのは句寒さんです」

「示し合わせて来ると云うのは悪い癖だ」

「はあ」

「今君はうちの戸口で何か云ってたのではないか」

「それはですね、それは僕の知った事ではないのですけれど、この先の所でスウィンピンウェーの行兵衛さんに会ったのです。どこへ行くかと聞きますから、先生の所へ行くと云いますと、行兵衛さんがそれは困ったと云いまして」

「なぜ」

「行兵衛さんも先生のとこへ来ようとしてたのです」

「来ればいいじゃないか」

「そう云う風に先生は、来ていなければ来ればいいのにと云われますけれどね、それはもう僕なんか、いやと云う程よく知っていますから」

「何を云ってるのだ」

「一緒に来たり、続いて這入ったり、一どきに二人も三人も顔を出すと御機嫌が悪いにきまっていますから、そう云いながら行兵衛さんと、会ったのはもっと先の所でしたが、それから並んで一緒にこっちへ歩いて来る途途相談したのです。これには矢張り計略がいると」

「怪しからん事を云う」

「まだ相談が済まない内に、ここの前に来てしまいましたので、それから立ち話しで相談の残りを打ち合わせまして、それがきっと家《うち》の中まで聞こえたのでしょう。行兵衛さんは切り口上で声が高いですからね」

「それで行兵衛はどうしたのだ」

「行兵衛さんは、何も急ぐ事ではないし、元来用事があって来るのではないのだから、用事のある方へ先に廻って、用事を済まして、綺麗に用事をなくしてから、こっちへ伺うと」

「矢っ張り来るのか」

「そう云う事になって、向うの方へ坂を降りて行きました。後で来ても僕が来たのとは関係はないのです。別別です。偶然であって、一緒に来たのではありません。後から偶然行兵衛さんがやって来ると云う事を、僕は知っていると云うだけの事です」

「そう云う偶然は意味はない」

「はあ」

「僕は偶然は好きだが、そんな手のこんだ偶然ならいやだ」

「今度の時には、もっとすっきりした偶然を心掛けます」

「里風呂君、暫らく会いませんでしたね」

「はあ、出田さんにお目に掛かったのは、確か三鞭酒《シャムパン》以来です。こちらへはちょいちょい伺っているのですけれど」

「掛け違ってと云うところだねえ、里風呂君、その方がいいんですよ。示し合わせたなんて云われないからな」

「それで僕、実はまだ困った事があるんです。先生、僕こないだ省線電車の中で、いや、こないだではない、昨晩です。昨晩省線電車の中で、狸坊主の未然和尚に会いました」

「狸坊主だって。君の方がたぬき風呂だろう」

「そうだったかな、あの時の話は。ああ、そうでした。狸を持ち出したのは僕です。しかし人の事を手妻師《てづまし》だなんて」

「君は、何だって構いませんと云ったよ」

「それはですね、あの時少しお酒を飲んでいましたから。あの和尚は和尚の癖に、電車の中で洋服を著て、フォリオの鞄なんか抱えて、僕よりは余っ程手妻師で、矢っ張り先生、和尚の方が狸坊主です」

「狸和尚がフォリオの鞄を持ってたっていいじゃないか」

「はあ、それは僕構いませんけれど、電車の中で僕の顔を覚えているんです。向うから先生の事を云い出して、今日こちらへ伺うと云うのですけれど、僕が今日ここへ伺ったのと丸で関係はないので、だから全く困るのです。あの和尚がどこへ行くか。どこへも行かないか、そんな事は僕の知った事ではありません。そう云っといてくれって、ことづかったわけでもありません。ただの偶然です」

「何だか君の話を聞いていると、段段人が来そうで、こうしてはいられないと云う気がし出した」

「先生さん、申しそびれて、次第に切り出しにくくなって」

「風船さん、何です」

「実はで御座います。先生さんはすぐに示し合わせたなどと申されますので、申し上げにくいので御座いますれど、蘭哉さんがお便りをくれまして、あの方の手紙はくしゃくしゃと長いので読むのに骨が折れるので御座いますが、読んでも半分ぐらいしか解りませんので、何しろ理窟ばかりで御座います」

「それがどうしました」

「それが、で御座いますけれど、何しろ読んで解りました所では、蘭哉さんが、今日こちらへ見える筈で御座いましたけれど」

「蘭哉が来るのですか」

「はい、これは私と郵便で打ち合わせた上の事で御座いまして、遅う御座いますね、蘭哉さんは」

「一体だれだれ来れば気が済むのだ」

「先生さん、御立腹では困りますけれど、私が打ち合わせましたのは、蘭哉さん一人で、たった一人だけで御座います」

「僕も先生実は遠慮してたんです。初めから切り出す折りをねらっていましたが、どうも雲行きが怪しいから」

「それはどう云う事だ」

「何、先生の事です。それで差し控えていましたけれど、ここで風船先生の驥尾《きび》に附《ふ》して、申し遅れましたが」

「君は何を云ってるのだ」

「狗爵舎《くしやくしや》がこちらへ伺う筈なのです」

「ふん。君はいつでもそうだ。必ずしめし合わせている」

「何、示し合わせたと云う程の事ではありません。狗爵舎が先生のとこへ行かないかと云うので、僕が身を挺《ぬ》きんでて先に来ただけの事です。そうしたらインヴァネスに足が出た話なぞで、つまらん目に会いました」

「一体君達は忙しくないのが不思議だ。徒党を組んで僕のうちへやって来たりする暇がどうしてあるのだろう」

「そりゃ先生忙しいのです。僕なぞはこの頃役所の仕事で目がまわるくらいです。その寸暇をさいて伺うのですが、そう云えば昨日、例の役所関係の俳句会でサラマンデルの佐原満照君に会いましてね、佐原君は今日こちらへ伺うと云って居りました」

「何だって」

「佐原君ですよ、佐原がそう云っただけの話です」

「君は佐原まで誘って来たのか」

「うそですよ。だから先生は話しがしにくくて困るんだ。誘いも止《と》めも、どうもしやしませんよ。ただ佐原君がそう云っていましたと云うだけの事です」

「佐原が来る事をあらかじめ承知しているし、狗爵と示し合わせているし、君は実に怪しからん」

「だってね、先生、そう云われますけれど、蒙西《もうさい》と疎《そ》影堂《えいどう》も一緒に来ると云っていましたっけ」

「何だと」

「蒙西と疎影堂です。彼等は随分長い事御無沙汰しているそうです」

「来なくてもいい」

「向うで来ると云うのですから、僕は知りません」

「羅迷は無責任だ」

「先生はああ云う事を云うんだから、ねえ里風呂君、困りますよ、ねえ」

「はあ」

「無茶でさあねえ」

「はあ」

「無茶でもいい。一体彼等は何の用があって来るのだ」

「用事と云う事になるとお互にありませんでしょう。来たらその序《ついで》に、疎影堂は先生の頭がまだ禿げないか、どうかを見て見るのだと云って居りました。蒙西は先生の頭に白髪がどの位ふえたか、それを調査するんだって、そんな事を云っとりました」

「不都合な事を云う。来なくてもいい」

「しかし来るでしょう」

「矢っ張り君は一脈相通ずる所があるんだ。君は実に怪しからん」

「羅迷さん。先生さんが段段御機嫌が悪くて困りましたな」

「しかし、風船先生、もうそろそろそうなる時分ですよ。大分長いですからねえ」

「何が長いのだ」

「何と云う事はありませんけれどね、何でもなくても長いと云う事はありますよ、ねえ、里風呂君」

「はあ。よく解《わ》りませんけれど、そうらしいです」

玄関で破れ鐘《がね》の様な声がした。「やあ、五沙弥さん。五沙弥先生。曇風《どんぷう》です。何、今行くところなんだ。それでね、その帰りに馬溲《ばしゆう》撿挍の手をひいて来ますからね。二人でお邪魔しますよ。起たなくていいんだ。今行くところなんだから。左様なら」

曇風さんが行ってしまうと、裏の廂《ひさし》で杓子坂《しやくしざか》の小判堂が吾輩を呼んでいる声がした。五沙弥の席を中座して行って見ると、小判堂が待ち兼ねて、いつもの二《に》晏寺《あんでら》の藪に集まる顔振れが、今じきにやって来て、お宅の縁の下で待っているから、後で顔を貸してくれと云った。念の為にだれだれ来るのかと尋ねたら、鍋島老と、日本銀行副総裁のアンゴオラと、宮様の分家と、音楽学校長の波斯猫《ペルシャねこ》と、長唄師匠の銀猫と、それに自分だと云った。吾輩の家《うち》の縁の下は突き抜けで広いから、勿論十分這入れるけれど、なぜ二晏寺の藪にしないのかと聞くと、あすこは又出臼《でうす》、柄楠《えくす》、魔雛《まひな》に襲われる危険がある。それで鍋島さんが今日は五沙猫さんの所にしようと云ったから、自分はそのお使でみんなの所を廻って来たと云った。

「それでね、五沙さん、僕は鍋島さんのお使で、よくは知らないけれど、今日皆さんが集まるのも、矢張り出臼、柄楠、魔雛の事だそうですよ」

「あの犬がどうしたと云うのだろう」

「あの三匹がこの頃五沙猫をつけねらっていると云う聞き込みがあったのだそうで」

「吾輩を出臼、柄楠、魔雛がねらっているって」

「そう云う話です。あんまり長くなって、締《し》め括《くく》りがつかないから、出臼、柄楠、魔雛が出て埒《らち》をあけようかって云うのだそうです」

「何が長いのだ」

「僕は知りませんけれど、何がと云うのではなくても、長いかも知れないので、今晩あたり三匹揃って五沙さんの所へ来るんじゃないかと云って居りました。それでは後で縁の下へお願いいたします。左様なら」

小判堂ががりがりと屏に降りて行った後、吾輩は暫らく廂《ひさし》に残って考えたが、よく解らない。しかし風船画伯が云った通り、解らないと云うのは何が解らないと云う以外に、解らない事が一ぱいあって、解らないと云う事に締め括《くく》りはない。出臼《でうす》、柄楠《えくす》、魔雛《まひな》がそこを嗅ぎつけたとすれば、逃《のが》れる途はないかも知れない。しかし逃げないわけには行かない。

五沙弥の座に引き返したら、出掛けていた小さなお神さんが丁度帰って来たところだった。

「アビシニヤや、おなかがすいたでしょう」と先ず吾輩に挨拶してくれた。

それから、五沙弥に只今をして、それから風船画伯と出田羅迷と飛驒里風呂に挨拶をした。

「皆さん、御ゆっくりなさるのでしょう」

「はい、奥さん、まだ後からいろいろお見えになる様で御座います」

「あっ、そうそう」と小さなお神さんは思い出して、手に持っていた葉書を五沙弥に渡した。「お玄関に落ちていましたわ。いつ来たのか知ら」

五沙弥が目を光らして云った。「いかん。こりゃいかん。この葉書を見て見ろ。岡山の作久が今日夕方に来る」

「まあ困るわ。でも、もう今度は泊《と》めろとは仰しゃらないでしょう」

「泊まらなくても、いけない」

「それから、今この先で鰐果《わにはか》さんのお母様に会いましたわ。矢張り教会へいらっしゃるんですって。そのお帰りに、後でお寄りするって仰しゃってよ」

「いかん。こりゃいかん」

「その方《かた》は蘭哉さんのお母さんで御座いましたね、先生さん」

「いかん。こりゃいかん」

五沙弥が猫の様な変な手つきで、間境《まざかい》の襖を開けた。

それから起ち上がって、庭の方へ下りて行った。

「こりゃいかん」

「御尤もで御座います」風船画伯がお辞儀をした。「私が胸算用いたしたところで、十五人許り押し掛ける事になりますのでね」

「どこへいらっしゃるの」とお神さんが後《うしろ》から聞いた。

「池の所へ行って、池の縁を右へ廻って」

解説　「遊民」のディグニティー

清水良典

「贋作吾輩は猫である」は昭和二十四年、内田百閒が六十歳のときに『小説新潮』にほぼ一年間連載され、翌年単行本として出版され話題を集めた。世の中には「本家」とか「元祖」を看板にする店や人は枚挙にいとまないが、これほど「贋作」を堂々と掲げた文学作品も珍しい。その人を食ったような珍妙さに、また内田百閒ならではの愛すべき遊び心が発揮されている。もちろん漱石のオリジナルへの深い傾倒と尊敬があればこそで、そこに熱い師弟愛がみなぎっていることが読者にも伝わってくる。

いうまでもなく内田百閒は夏目漱石の門人である。本作執筆から遡ること四十四年前、岡山中学校の生徒だった十六歳のとき、百閒は漱石の『吾輩は猫である』を読んですっかり傾倒し、翌年から博文館の投稿雑誌に小品を書き送るようになるが、その最初のペンネームが「内田流石」だった。「漱石」のペンネームの由来である「漱石

「枕流」の故事に基いてもじったものである。そして二十歳のとき、「老猫」という写生文を漱石に直接送って批評を乞うようになる。漱石の『猫』に由来する因縁はかくも深いのである。

東大進学後の明治四十四年、百閒は漱石を訪ね門人に加わるが、すでに漱石は体調を崩しており大正五年に没するから、直接の師弟の交わりはさほど長くなかった。しかし大学時代にこの巨大な存在と間近に接した影響の深さは想像に難くない。年少の門人として漱石の出版物の校正にいそしんだ百閒は、没後の全集でも編纂校閲の中心人物となり、仮名遣いを統一するために「漱石全集校正文法」を作成している。そのあたりにも、奔放磊落と見える反面、じつは緻密でマニアックな性格が発揮されている。

本書でも漱石の『吾輩は猫である』を「正典」と呼び、自らを「贋典」と呼ぶ百閒は、一種厳密な校正者のごとく「正典」の表現や字句を引用している。百閒一流のもじりや言葉遊びも、その延長と考えるべきだろう。

開始間もなく風船画伯が金の無心に来て、百円札の肖像を描きなおそうと言い出したことから「贋造精神」論争となる場面がある。「いいえ、わたくしのは創造で御座います」と主張する風船画伯に、五沙弥は「創造ではない、偽造だ」と宣告する。では「変造」か、はたまた「改造」か、と検討していくのだが、このあたりに「贋作吾輩は猫である」登場にあたっての、作者の「贋典」執筆に徹するスタンスが開陳されている。

じつは「正典」が大評判となった明治時代から、すでにたくさんのパロディーが書かれていたのである。横田順彌氏の「吾輩たちも『吾輩』である」（岩波書店『漱石全集』第一巻月報）という文章の教えるところでは、『吾輩ハ鼠デアル』（明治四十年）『吾輩は蚕である』（明治四十一年）をはじめとして、『吾輩はフロックコートである』（明治四十三年）やら『吾輩は孔子である』（大正三年）やら、あげくは『吾輩は結核黴菌である』（大正八年）といった珍作まで、数十冊の作品が生まれたという。しかし、そういったいかにも軽薄な便乗型の偽造変造改造のパロディーに比べると、百閒は「贋作」をはっきり名乗ることで、むしろ遠き「正典」への敬意を謹んで明らかにしたと考えるべきである。

だいたい「正典」の猫の主人「苦沙弥」に対して「五沙弥」である。「九（苦）」の半分程度というところか。「先生」の寓居に出入りする門人たちも、迷亭に対して「（出田）羅迷」、寒月に対して「疎影堂」、二弦琴のお師匠に対して琴の検校といったように、きちんと「贋作文法」が踏まえられているような布陣である。猫の目を借りた漱石の戯画というべき「苦沙弥」に対して、「五沙弥」は内田百閒かと思いきや、風船画伯の得た挿絵描きの仕事が「蛆田百減」の新聞連載小説だという、読者を煙に巻く迷路が仕掛けられていたりするのも楽しい。

しかし「贋作」といいながら本書は、いかにも内田百閒ならではの作品である。高利貸しの兼子金十郎が現れて「ひひひ」と無気味に笑いながら返済をせびるが、じつはとうに死亡通知の届いていた亡霊だったという「第五」のエピソードなどは、『冥途』『旅順入城式』の短編を髣髴とさせる。

また貧乏と借金こそは、本シリーズ第五巻『大貧帳』を読んでも分かるように、内田百閒のお家芸であった。その至りついた至高の境地が、「第八」で五沙弥先生から語られている。「君、貧乏と云うものを、そう手軽に考えてはいかん。貧乏と云うのは、立派な一つの身分だ」という狗爵舎への説諭から始まるこのくだりは、まことに含蓄に富んでいる。

金持ちと貧乏人とは、たんに金の有無によるのではない、と先生は断言する。「金がなくったって、金持は金持だ」「貧乏人が金を持ったって、貧乏人は貧乏人だ」この並列した命題は、「金持」と「貧乏人」を、あたかもマルクス主義的に階級として決定しているかのようだが、先生の論理は「貧乏人」を卑下しているのでもなければ、「金持」を敵視しているのでもない。「貧乏」にも然るべきディグニティーがあるのである。「金持がお金がないからって早速貧乏人の仲間入りを」するという「成貧根性」がけしからん、という指摘には、貧乏と借金の大ベテランたる百閒一流の貧乏哲学がにじみ出ている。

では、いったい五沙弥先生は「金持」「貧乏人」のどちらのつもりなのだろうか。かつて漱石が『吾輩は猫である』を発表したとき、筋らしい筋もなく高等議論を繰り広げる作風は、「低徊趣味」とか「余裕派」などと批判された。生きるのに精一杯の人間から見れば、彼らは霞を食べているような「高等遊民」に他ならなかった。いわば百閒はこの「遊民」の「低徊趣味」を、漱石に倣って意志的に貫いた人間である。「金持」の傲慢にも「貧乏人」の悲惨にも染まらず、「遊民」のディグニティーを護り通した作家である。

この五沙弥先生を囲むサロンは、そのまま内田百閒の教え子たちとの交流を反映している。『贋作吾輩は猫である』出版直後の百閒の誕生日に、黒澤明監督の映画「まあだだよ」で広く知られるようになった「摩阿陀会《まあだ》」の第一回が開催され、それ以降毎年行なわれるようになった。今日の政治家や作家が呼ばれる形式的な尊称ではなく、「先生」と教え子が友愛と信頼関係で結ばれえた時代の美しい記録でもある。

ただ、本書の語り手の猫は「正典」の生き返りでしかなく、現実のモデルはいない。百閒はこのころまだ猫を飼ったことはなかったのだ。だがのちに庭に居着いた野良猫の子猫を百閒は「ノラ」と呼んで飼いはじめ、深く可愛がるようになる。なんでも妻が水を汲もうとした柄杓にじゃれついたのを追い払おうとしたところ、金魚のいる水甕に落ちてしまったのを助けたのがきっかけだという。あたかも漱石の「正典」の猫が、最期を遂げた水甕から甦ったようではないか。そのノラとの出会いが書かれたのが「彼ハ猫デアル」という文章だから面白い。そのノラが昭和三十一年三月に失踪してしまい、百閒はそれから『ノラや』一書にまとめられる分量の猫恋いの文章を書くことになる。本書を執筆したことがのちのノラとの出会いを呼び寄せたと考えれば、これも奇しき因縁であろう。

もうひとつだけ本書に関わる因縁話を書くと、琴の師匠である馬渡検校が登場するが、百閒は十四歳のときから近所の検校について琴を習っていた。そしてのちに歴史に残る大検校宮城道雄と出会い、交際を重ねるようになる。百閒は深夜酔っぱらっては借家の二階で寝ている宮城を訪ねて、竹竿の先にステッキを括りつけ、二階の雨戸をノックして嚇したそうだ。それとそっくり同じことを馬渡検校が作中で語っているから、彼のモデルは宮城に相違ない。その宮城道雄は昭和三十一年、東海道線の夜行列車に乗っていて、愛知県刈谷付近を通過中にデッキから転落して急死してしまう。その経緯を百閒は「東海道刈谷駅」という哀切極まりない文章で描いているが、これも第四巻『サラサーテの盤』に収録されているので、ぜひお読みいただきたい。

「退屈入道の五沙弥にも遠い悲哀があると見える。息子が死んでから十三年経ったと云うので、その時引導を渡して貰った坊主を呼んで来て酒を飲み出した」という一節が「第九」にあるが、この息子の死も事実である。猫のノラといい、宮城道雄といい、本書から糸をたぐれる因縁話には死や別離の悲哀の気配が濃い。満腔の悲哀と孤独を隠した「退屈入道」のディグニティー、それが本書の確信犯的な「遊民」の真実の姿に他ならない。

作品解説　贋作吾輩は猫である

伊藤　整

一

私はこの作品の初版が発行された少し後に、新聞に短い批評を書いた。それを先ず引用しよう。

「私は此の頃贋作の『吾輩は猫である』を書いたと、悪口の名人中村光夫に批評されたばかりの人間である。その私が、作者自ら『贋作吾輩は猫である』と題した小説を批評する役にまわったのだから、ウソのニセ猫が本当のニセ猫を品定めするようなものかも知れない。

「何のことだか分らない読者は、漱石の孫か漱石の息子、即ち親父でなければ叔父さんのような作家をうやうやしく批評するものと思って頂きたい。

「さて内田百閒氏のこの作品は、水ガメに落ちて死んだと漱石が書いているあの英語教師苦沙弥先生の猫が、実は死にきらずに、この戦後に現われて、ドイツ語教師五沙弥先生の宅に住み込む話である。そして苦沙弥家に集った寒月、独仙、迷亭などという風流人のかわりに、五沙弥家には、鰐果蘭哉（ワニハカランヤ）とか、飛騨里風呂（ヒダリブロ）とか、出田羅迷（デタラメイ）とか、狗爵舎（クシャクシャ）とか、風船画伯とかいう風流人が出没して、借金について、シャンパンについて、共産主義について、また『金を貯める文士蛆田百減（ウジタヒャクゲン）氏』について清談を交わすのである。

「六十歳の内田氏のユーモアは『年端も行かぬ親父』なる四十歳ごろの漱石のユーモアよりも洗煉されており、文章や作為の無駄も少い。同時に若さから来る毒々しさ、怒りなどが内に潜み、または昇華されていて捕捉しがたい。能狂言のようなその芸は、一種芳醇な酒の味に似ている。「ここには、あの名作『百鬼園随筆』に見出される内田氏のユーモアの最上のものの配置があり、恐らく現在の日本人の書き得る笑いの文学の第一級のものがある。しかし、それでは一つ買おうなどと単純に考えてはいけない。本も立派で高価だから蛆田百減氏級の金持ちでないと、ちょっと手が出ないし、この純粋な笑いも伊藤整氏級の秀才でないと理解できない。こういう本を出すようでは、この作者内田百閒氏はとても金持ちにはなれないだろう。」

この批評を、今この文庫本の解説として使うに当っては、多少の解説と訂正とを必要とするもののようだ。この作品と同じ頃に世に出た私の作品が贋作の「吾輩は猫である」と中村光夫に批評されたことは、即ち私が漱石の影響を受けているという意味である。その上、私はかなり前から内田百閒氏の愛読者である。それ故私は百閒氏の影響を受けているとすれば、私は漱石の孫に当り、でないとしても漱石の影響を受けているとすれば明かに百閒氏の甥に当る、という意味のことを私は述べたのである。また百閒氏のこの本が「立派で高価だから蛆田百減氏級の金持ち」でないと買えないと書いたが、この度本書がこの安価で美しい文庫に入った以上、内田百閒氏級の貧乏人でも買えることになったのは喜こばしいことである。その上また、この作品の真価が明らかになり、名作であるという定評が出来たのであるから、天下の読者が広くこの作品を読むようになることは明らかである。

とすると一つ困ったことに、この作品が大いに売れて、内田百閒氏が急に金持ちになるのではないか、という危惧を私は抱かざるを得ないのである。そして万一内田百閒氏が、「金を貯める文士蛆田百減氏」と間違われるようなことになったら、清貧によって知られている百閒氏は大変迷惑をされるであろう。そしてこの本の発行者河出孝雄氏とこの本の解説者伊藤整氏とを、鋭い諷刺的な表現によって攻撃するという結果になるかも知れないのである。それ故私としては、この作品があまり売れず、内田百閒氏が永遠に清貧の生活を味わって居られるようにと、ひそかに祈るものである。

二

さて漱石の「猫」と百閒の「猫」とは前記のような関係にあるものだが、漱石と百閒との人間的関係はどういうものか。内田百閒は漱石の弟子と自ら認めているし、その著作の性格から言って明らかに漱石の特質の一部分を継続しまた発展させた作家である。一般に近代文学史では漱石の後継者としては小説家で鈴木三重吉、森田草平、芥川龍之介、久米正雄、などを挙げるのが例になっている。これ等の作家は漱石生前から創作を発表し、作品が漱石の目にふれ、批評を受けたり、発表に力添えを受けたりしているのであるが、作品そのものは必ずしも漱石その人の系列にあるとは言い難いのである。本質的な漱石の直系の作家は明らかに百閒である。

百閒が作品をまとめて発表したのは大正十一年（一九二二年）に短篇小説集「冥途」においてであって、漱石の死後五年目である。この作品集は、当時芥川龍之介、佐藤春夫などの称讃を得たが、その作品は全部夢を描いた形式を取り、一種の散文詩風のものであったから、当時の写実主義系統の強い文壇では正統的な小説として受容されなかったのは当然である。当時それに似た仕事としては僅かに谷崎潤一郎の夢を描いた小説「母を恋ふるの記」や萩原朔太郎の詩集「月に吠える」などがある。百閒のこの仕事は、しかし、潤一郎や朔太郎とは独立した状態にあり、漱石の小品集「夢十夜」の系統を受け、更らにそれを発展させたものであることは明白である。その頃百閒は陸軍士官学校の教官をしていたが、その後森田草平などと法政大学の教授をしていた。そして約十年間ほど殆んどものを書かなかった。

百閒が学生時代に漱石とどのような交渉を持っていたかをうかがうために、百閒自身の文章「明石の漱石先生」(「百鬼園随筆」所収)から一部を引こう。

「明治四十四年の夏、私は暑中休暇で郷里の岡山に帰って居りました。ある日の新聞で、夏目漱石先生が、播州明石へ講演に来られると云う事を知ったので、早速東京早稲田にいられた先生に問い合わせの手紙を出しました。

「私はその年の、たしか二月だったと思うのですが、胃腸で麴町区内幸町の長与胃腸病院に入院して居られた先生に、その病院で始めてお目にかかったのです。

「それから間もなく、先生は御退院になった様に思います。私は春になってからも、幾度か先生のお宅に伺って、小宮(豊隆)さんなどが先生と色色話して居られるのを、横から怖わ怖わ聴いて居りました。

「田舎の中学生時代から、同じく田舎の高等学校を終るまでの何年間、私は先生の文章によって、先生を崇拝し又先生を慕って居たのですが、いよいよ東京の大学に来るようになって、やっと先生に会って見ると、どうも何となく怖くって、いくらか無気味で、昔から窃かに心に描いていた『先生』には、中中近づけそうもないのです。

「その先生が、私の郷里から割りに近い明石まで来られると云う事は、何だか知らないけれども、急に天降って来て、手の届きそうな所にぶら下がる様な気がしたのです。私は無暗にうれしくなって、この機逸す可からずと思いました。」

だが百閒はその少し後には、漱石の周囲の文人たちの間にあって、次第にその独特の風格を積極的に発揮するようになったらしい。漱石の著作の装幀者なる津田青楓の「漱石と十弟子」は昭和二十三年の著作であるから、必ずしも写実的なものとは言えないであろうが、第三者の描写として百閒その人の一面をうかがうに足りるであろう。

「日記抄三／内田君が一緒に漱石山房に行こうと誘いにくる。一緒にゆく。／内田君はにくらしい男だ。彼は機関学校か士官学校か知らないが、そこの勤務から帰って電車が江戸川終点につくと、俥夫が梶棒を内田君の前にもってくる。内田君は顎で俥夫に一目をくれて、悠々と乗る。そして老松町の家に帰る。そして細君に、『おいビールはあるか、喉が渇いた。』という。細君が無いというと、『じゃこれを持っていって津田さんとこで借りてこい。』と言って、名刺に何か書いて渡す。その名刺を持った細君が黄色い声を遠慮勝ちにして、お勝手口の方へ現われると、内の細君が、僕の机の傍へやってきて、心細そうに、『又内田さんの奥さんがいらして一円二十銭貸してくれって、どうしましょう。』『俺だって銭はないよ。浪玕洞から少し貰ったが、殆んど磯谷に払ってしまったから、内田君に一円二十銭貸すと、あと一円七十銭しきゃないよ。』『それじゃ、一円でいいじゃありませんか。そう言って一円丈けにしましょう。』／内田君はにくらしい男だ。人力車に乗ったり麦酒を飲んだりするのは個人に与えられたる自由の権利だから、俺は文句を言う筋は毛頭ないが、俺は電車賃を倹約して、昨日も大曲の花屋まで往復とも歩いて行ったんだ。内田君は月給をもらっているが俺は定収入なんかありゃしない。一度不意の収入があると、そいつを二月でも三月でも倹約して喰いのばすことばかし考えているんだ。だから、俺の方がウンと貧乏人だよ。内田君はお大名だよ。お大名が貧乏人に金を借りるなんて可哀そうだよ。内田君が漱石先生に、『江戸川亭に小さんがかかってますからいらっしゃいませんか』と誘い出す。／三人で江戸川亭へ小さんをききにゆく。僕は小さんの味はよくわからなかった。むらくというのは好きだった。自分は糞真面目な顔をして、客だけをゲラゲラ笑わせる。内田君の座談はその式だ。自分は真面目に茶飯事をしゃべっている気らしいが、人間の肚の底のことを持ち出して言うから、皮肉が滑稽に転化する。／自分は内田式落語が好きだ。」

この津田青楓の文によると百閒は、漱石生前から、後にその「百鬼園随筆」に書かれたような生活をし、その書き方のような談話をしていたようである。そしてその生活と談話の創作的な結晶として書かれたのが「百鬼園随筆」に後に含められた随筆である。それは何度にも色々な雑誌に発表されて、昭和八年に一冊にまとめられたものである。この一冊とそれに続いて出た「続百鬼園随筆」（昭和九年）とによって、この作家は急に多くの愛読者を得たようである。その前後から「昇天」その他の小説の述作もされ、また「冥途」が新版で出されたり、随筆集「鶴」、「無絃琴」、その他「百鬼園俳句帖」なども出て多くの読者に喜こばれた。

百閒の作風は、一つは「冥途」に発し「昇天」や「山高帽子」等の小説にいたる怪奇性または恐怖性の表現であり、一つは「百鬼園随筆」から「贋作吾輩は猫である」に到る笑いの文学であるがその二者はもともとこの作家の気質に深く根を下した同一のもののように思われる。作品の中でこの二者は時々入り混っている。そしてその二者は漱石に源型を求めれば「夢十夜」と「吾輩は猫である」と言うことができるだろう。しかし百閒には漱石のような社会批評性が少く、そのかわりに感覚的な洗煉性が特に強く、文章は漱石に較べて一層細緻であり、当代の名文家の一人と言われる。そして系統ではこのように漱石から発していながら、作品そのものはあくまで百閒特有のもので、漱石の関東人型に較べ関西人型と言うべきであろうか。現在の単純写実主義の横行している日本文壇では、極めて特殊な、孤高な存在である。

（市民文庫　昭和二六年四月　河出書房刊所収）

初出（初刊）一覧

贋作吾輩は猫である　「小説新潮」昭和二四年一〜一一月号（『贋作吾輩は猫である』昭和二五年四月、新潮社）

編集付記

一、ちくま文庫版の編集にあたっては、一九八六年一一月に刊行が開始された福武書店版『新輯　内田百閒全集』を底本としました。
一、表記は原則として新漢字、現代かなづかいを採用しました。
一、カタカナ語等の表記はあえて統一をはからず、原則として底本どおりとしましたが、拗促音等は半音とし、ヰはウィに、ヸはヴィに、ヷはヴァに改めました。

ステツプ↓ステップ
ヰスキイ↓ウィスキイ
市ケ谷↓市ヶ谷

一、ふりがなは、底本の元ルビは原則として残し、現在の読者に難読と思われるものを最小限施しました。
一、今日の人権意識に照らして不適切と思われる人種・身分・職業・身体障害・精神障害に関する語句や表現がありますが、作者（故人）が差別助長の意図で使用していないこと及び時代背景、作品の価値を考慮し、原文のままとしました。

私の「漱石」と「龍之介」　内田百閒

師・漱石を敬愛してやまない百閒が、おりにふれて綴った師の行動と面影とエピソード。さらに同門の友、芥川との交遊を収める。（武藤康史）

内田百閒集成（全12巻・刊行中）　内田百閒

飄飄とした諧謔、夢と現実のあわいにある恐怖。磨きぬかれた言葉で独自の文学を頑固に紡ぎつづけた内田百閒の、文庫による本格的集成。

阿房列車——内田百閒集成1　内田百閒

「なんにも用事がないけれど、汽車に乗って大阪へ行って来ようと思う」。上質のユーモアに包まれた、紀行文学の傑作。（和田忠彦）

立腹帖——内田百閒集成2　内田百閒

一日駅長百閒先生の訓示は「規律ノ為ニハ。千頓ノ貨物ヲ雨ザラシニシ。百人ノ旅客ヲ轢殺スルモ差支エナイ。」楽しい鉄道随筆。（保苅瑞穂）

冥途——内田百閒集成3　内田百閒

無気味なようで、可笑しいようで、怖いようで。曖昧な夢の世界を精緻な言葉で描く、「冥途」「旅順入城式」など33篇の小説。（多和田葉子）

サラサーテの盤——内田百閒集成4　内田百閒

薄明かりの土間に死んだ友人の後妻が立っている。——映画化された表題作のほか「東京日記」「東海道刈谷駅」などの小説を収める。（松浦寿輝）

大貧帳——内田百閒集成5　内田百閒

借金の権威百閒先生の言葉の魔術に乗せられて、金銭観が変わってしまう危険な一冊。深刻な状況のはずなのに……面白い。（宮沢章夫）

間抜けの実在に関する文献——内田百閒集成6　内田百閒

教師時代の懐しく微苦笑を誘う思い出話、じわじわと効いてくる追悼文など、百閒の凄みがその底に見える、交友録をおさめた巻。（堀江敏幸）

百鬼園先生言行録——内田百閒集成7　内田百閒

フロックコートに山高帽子、頑固な百鬼園先生がくり広げる独特の論理。とことん真面目にものを考えるととんでもなく可笑しい。（石原千秋）

男流文学論　上野千鶴子／小倉千加子／富岡多惠子

「痛快！　よくぞやってくれた」「こんなもの文学批評じゃない！」　吉行・三島など〝男流〟作家を一刀両断にして話題沸騰の書。（斎藤美奈子）

ちくま文庫

贋作吾輩は猫である　内田百閒集成8

二〇〇三年五月七日　第一刷発行

著者　内田百閒（うちだ・ひゃっけん）
発行者　菊池明郎
発行所　株式会社　筑摩書房
東京都台東区蔵前二―五―三　〒一一一―八七五五
振替〇〇一六〇―八―四一二三
装幀者　安野光雅
印刷所　株式会社精興社
製本所　株式会社鈴木製本所

ちくま文庫の定価はカバーに表示してあります。
乱丁・落丁本及びお問い合わせは左記へお願いいたします。
筑摩書房サービスセンター
埼玉県さいたま市北区櫛引町二―六〇四　〒三三一―八五〇七
電話番号　〇四八―六五一―〇〇五三

ISBN4-480-03768-3 C0193